Mareike Milz

Emmas Reise ins Unsichtbare

Ein Märchenroman

Erstausgabe
Umschlaggestaltung: Viviana Marsico
Herstellung und Verlag: BoD - Books on Demand, Norderstedt

Bibliografische Information der Deutschen Nationalbibliothek: Die
Deutsche Nationalbibliothek verzeichnet diese Publikation in der
Deutschen Nationalbibliografie; detaillierte bibliografische Daten sind
im Internet über dnb.dnb.de abrufbar.

*Für meine Mutter, die stets bedingungslos und felsenfest
an mich glaubt.
Für meine Tochter, die mehr ist, als ich je zu träumen
wagte.*

*Kindern erzählt man Geschichten
zum Einschlafen - Erwachsenen,
damit sie aufwachen.*

Jorge Bucay

*Du bist kein Tropfen im Ozean,
Du bist ein gesamter Ozean in
einem Tropfen.*

Rumi

ERSTER TEIL

1. KAPITEL

in dem Emma den Ernst ihrer Lage erkennt

Gedankenverloren starrt Emma ins Leere und doch eigentlich in das bunte Treiben auf dem Hallmarkt. Die Schritte der Passanten schallen in leisen Melodien von den Wänden der aufragenden Gebäude zu ihr herüber. Inmitten der Masse fühlt sie sich alleine. Denn sie ist - so wie viele andere auch - in elementarer Weise anders.

Der Kaffeebecher vor ihr schluckt eine Münze. Emma schaut nicht mal auf. Sie sieht es nicht ein, jemandem dankbar zu sein, der reichlich hat und nur gibt, um sich besser zu fühlen. Stattdessen mustert sie die porösen Steine des Bodens, die zertretenen Zigarettenstummel, die sich in den Fugen sammeln. Doch vor allem und absolut vordergründig betrachtet Emma die darunter fließende Energie.

Während sie einen Punkt fixiert, verschwimmt alles in ihrem Blickfeld, als würde die Welt einfach verschwinden und ein Teil von ihr wünscht sich, sie täte es auch.

»Hey Emma«, reißt Theo sie aus ihrem persönlichen Abgrund. Wie immer hat er zwei Becher Kaffee in der Hand und ein breites Grinsen auf den Lippen.

Emma nervt Theos stetig gute Laune und sie vermutet insgeheim, dass sie nur eine Maske ist, die er trägt, um sich vor der Realität zu schützen. Warum sie Theo mag, weiß sie eigentlich nicht. Er ist nicht wie sie. Ganz im Gegenteil sogar.

»Hey«, murmelt sie und streckt ihren Arm nach dem Kaffeebecher aus.

Ein paar Passanten drehen sich um und schauen mit kritischen Blicken zu Theo, der sich nun im Schneidersitz neben sie auf den kalten Asphalt setzt. Es passt nicht in ihr Bild, dass so jemand wie Theo mit so jemandem wie Emma befreundet ist. Sie kann es ihnen nicht verdenken. In ihr Bild passt es ebenso wenig.

Theo streckt sich gemächlich und blickt sie dann mit seinen durchdringenden blau-grauen Augen an, die dem aufklärenden Himmel nach einem Gewitter gleichen.

»Wie geht es dir, Emmi?«, fragt er und fixiert sie mit dieser Klarheit, die es ihr schwer macht, den Blick abzuwenden.

»Nenn mich nicht so«, feixt sie und nimmt einen Schluck aus ihrem Becher. Lauwarm. Scheiße!

Wie immer ignoriert Theo ihren halbherzigen Ablenkungsversuch und schenkt ihr stattdessen ein verständnisvolles Lächeln. Sie unterdrückt den Impuls, ihn zu boxen. Ein einziges Mal hat sie diesen Fehler begangen, doch Theo hatte sich unmissverständlich davon abgegrenzt. Wesen wie er konnten so etwas. Die hatten es leichter. In allem eigentlich ...

»*Unfair!*«, flüstert ihr Herz. Emma kann es nicht leiden, wenn es sich zu Wort meldet. Zum Glück macht es das nur selten.

Unrecht hat es just in diesem Moment jedoch nicht. In Wahrheit verabscheut Emma Wesen wie Theo aus tiefster Seele. Sie bekommen alles, stehen in Verbindung und das einfach so. Ohne dafür irgendetwas getan zu haben. Sie sind einfach so. Beschenkt vom Leben.

Eine Welle der Wut überkommt sie, während sie die Energie beobachtet, die in Theo pulsiert. In Wellenform, weißlich schimmernd, strömt sie über seinen Körper hinaus und erreicht sachte ihre Schulter.

»Ist alles okay?«, fragt Theo besorgt und legt ihr behutsam seine Hand auf die Schulter. Von dem hitzigen Energieschub, der ihren Körper wie ein Lichtblitz durchflutet, zuckt sie zusammen. Anstatt seine Hand zurückzuziehen, verstärkt er die Energiezufuhr jedoch, deren Wärme Emma bis in die Knochen kriecht. Ein Gefühl des Friedens breitet sich in ihr aus.

»Hör auf!«, faucht sie und reißt seine Hand etwas zu grob von ihrer Schulter.

Er weiß es vielleicht nicht. Aber sie weiß ganz genau, was solche Energieschübe anrichten können und wie es sich anfühlt, wenn die Energie dann nach und nach wieder verschwindet. Wie sollte er es auch wissen? Er steht ja mit ihr in Verbindung. Er muss sich keine Sorgen darüber machen, wie er an Neue kommt.

Verächtlich blickt Emma zu Boden. Weißlich schimmert darunter die Energie, die sich in unzähligen Fäden, flussähnlich voranbewegt, bis sie schließlich in Theo hineinfließt. In Theo und in all die Wesen, die ebenso von ihr gesegnet sind. In alle. Nur nicht in Emma und ihresgleichen.

»Entschuldige«, sagt Theo mit belegter Stimme, während sie beobachtet, wie ihm ein Teil seiner Energie verloren geht und sich stattdessen in ihrem Körper ausbreitet.

Eigentlich hat sie sich vorgenommen nicht mehr von ihm zu stehlen. Aber diese freiwillig gegebene Energie ist einfach nicht auszuhalten und nur so, kann sie sich eine kleine Portion abzwacken, um über die Runden zu kommen.

Geklaute Energie hat nicht diese verheerenden Folgen, wenn sie vergeht. Sie vergeht einfach. Genauso wie jeder Energierausch vergeht.

Klanglos ...

Na gut, vielleicht mit einem grauen Kater.

»Schon okay«, murmelt Emma schließlich mit schlechtem Gewissen und versucht das Thema zu wechseln, »Wie geht es dir denn?«

Und obwohl er weiß, dass sie selbst auf diese Frage noch nicht geantwortet hat, lässt er sie gewähren. Vermutlich wegen seines Energieverlustes. Oder weil er einfach ein netter Kerl ist.

»Mir geht's super. Ich habe endlich eine Galerie für meine Ausstellung gefunden!«

Schon während dieser wenigen Worte, kann sie beobachten, wie er sich mit neuer Energie auftankt und seine Augen zu strahlen beginnen.

»Du musst dir die Galerie unbedingt angucken, Emma. Sie wirkt wie ein Verlies und hat einen wahnsinnig unheimlichen Charakter. Normalerweise machen die auch nur Ausstellungen in diese Richtung, aber ich konnte den Besitzer mit meiner Idee überzeugen.«

Ein gewinnendes Grinsen macht sich auf seinem symmetrischen Gesicht breit und dabei strotzt seine ganze Körperhaltung nur so vor Selbstbewusstsein.

Emma hat noch nie eines seiner Bilder gesehen. Und sie weiß auch, dass sie diese Galerie niemals sehen wird. Nicht, weil er es nicht will, sondern sie. Denn sie ahnt, dass es schon gefährlich genug für sie ist, überhaupt mit Theo befreundet zu sein. In seine Welt darf sie auf keinen Fall eintauchen.

»Du würdest dich selbst verlieren ... und dann wärst du noch weniger als du es jetzt bist. Dann wärst du Nichts!«

Gott, wie Emma es hasst, wenn ihr Herz spricht. Dummerweise macht es das besonders häufig, wenn Theo in ihrer Nähe ist.

»Schön für dich«, versucht sie aufrichtig zu klingen, hört aber selbst den eifersüchtigen Unterton.

Wieder schwappt ein Teil seiner Energie in sie hinein.

Eine Weile schweigen beide. Emma, wegen ihres schlechten Gewissens - Theo vermutlich, um sich wieder aufzuladen. Auch er wirkt jetzt gedankenverloren. Sie mag es, wenn er so ist. Sie fühlt sich ihm dann irgendwie näher. Schweigend und berührungslos kann sie ihn genießen. Nur diese sanfte Wärme. Oberflächlich und ohne Folgen.

»Was für ein schöner Tag«, bemerkt er schließlich, während er lächelnd den Himmel betrachtet. Emma richtet ihren Blick ebenfalls empor, registriert das fade Grau und hätte am liebsten verächtlich geschnaubt, tut es aber nicht. Sie hat heute schon genug Energie von ihm gezogen.

Warum Theo trotzdem immer wieder zu ihr kommt, versteht Emma eigentlich nicht. Doch sie hat aufgehört sich solche Fragen zu stellen. Zu kostbar sind ihr die gemeinsamen Momente.

»Sei vorsichtig!«

Ruckartig steht sie auf: »Lass uns ne Runde gehen.«

Schweigend schlendern die beiden am Straßenrand entlang. Die Fahrbahn ist überfüllt und Emma atmet die Abgase in langsamen, tiefen Atemzügen ein. An der nächsten Ampel bleiben sie stehen. Ihr Spiegelbild wird von einer Pfütze reflektiert und sie sieht, was alle sehen: Theo und sie ... Das passt einfach vorne und hinten nicht zusammen. Und dabei ist er vorne und sie hinten.

Ein vorbeifahrendes Auto fährt zielstrebig durch die Pfütze und ihr Nass spritzt Emma entgegen. Die matschigen Tropfen sprenkeln ihre Hose.

»Du Wichser!«, brüllt sie.

Die Luft trägt eine kleine Portion Energie vom Fahrer zu ihr - dieses Mal hat sie kein schlechtes Gewissen.

»Fuck!«, mault sie und verreibt den Schmutz beim Versuch die Tropfen wegzuwischen nur noch großflächiger.

»Was ist los?«, fragt Theo und ein Blick verrät ihr, dass er nicht einen Tropfen abbekommen hat. Emma verdreht die Augen und lässt seine Frage unkommentiert.

»Ich muss los«, sagt sie und unterdrückt dabei den Impuls ihn zu umarmen. Stattdessen macht sie auf dem Absatz kehrt und ruft aus drei Schritten Entfernung, ohne sich dabei umzudrehen: »Bis bald!«

Die Bahn hält. Emma greift schon wieder in ihre Jackentasche. Es ist noch da.

Wo sollte es auch sonst sein?

Energisch, ja beinahe euphorisch betritt sie den Bahnsteig. Keine Sekunde verliert sie, während sie die triste, schmale Straße überquert und den Parkeingang passiert. Nur noch ein Funke der Energie, die sie sich den Tag über geklaut hat, ist noch übrig. Das wird gleich keine Rolle mehr spielen!

Beinahe andächtig steuert sie auf ihre Lichtung zu. Leere Bierflaschen und Müll ergeben ein paradoxes Mosaik auf dem Boden, unter dem nur schwer die Energieströme auszumachen sind, die zu den Bäumen und Pflanzen führen.

Die Eifersucht, die sie sonst packt, wenn sie Wesen sieht, die in Verbindung stehen, ist hier nicht vorhanden. Die Natur wirkt anders. Emma identifiziert sich nicht mit ihr. Außerdem ist hier alles gleich. Jede Pflanze wird mit Energie versorgt. Es gibt keine Ausnahmen. Nur die Toten sind ausgenommen.

Kurz flackert ein fast verlorenes Bild aus ihrer Vergangenheit auf. Der Tod. Auge in Auge. Nicht sie. Ihre Mutter. Das Wort überhaupt zu denken fühlt sich falsch an. Ihre aufgerissenen Augen, diese nutzlose Hülle hat sich auf Emmas Netzhaut eingebrannt. Vielleicht hätte sie froh sein sollen. Und ein Teil von ihr war es auch. Den anderen Teil hatte sie nach zwei Tagen, als sich der Geruch des Todes schon in der ganzen Wohnung ausgebreitet hatte, für immer weggeschlossen. Sie war keine Mutter. Nicht so, wie sie es hätte sein sollen. Sie war ein scheiß Junkie!

Emma greift in ihre Tasche und zieht das Tütchen hervor, dessen Inhalt kristallen bläulich zu leuchten scheint. Fast eilig zieht sie ihre Jacke aus, legt sie auf den Boden und setzt sich darauf - direkt vor einer dicken Eiche, zu der sternenförmig Energieströme fließen. Sie sitzt gerne hier. Es ist so ruhig. Keine Wesen. Nur sie und die Natur. Und mit ein bisschen Hilfe schafft sie es, sich vorzumachen, die Ströme würden in sie hineinfließen - nicht in den Baum.

Sie öffnet das Tütchen, leckt ihren Finger an und taucht ihn sachte hinein. Wie immer betrachtet sie ihn einen Augenblick. Schon jetzt strahlen die Kristalle ihre bläuliche Energie aus, die in wirren Schlieren ihren Finger hinabgleitet.

»Tu das nicht! Das ist gefährlich.«

Emma schnaubt und steckt sich energisch den Finger in den Mund, als könne sie ihrem Herzen damit irgendetwas beweisen. Von dem bitteren Geschmack verzieht sie das Gesicht und muss ein Würgen unterdrücken. Ihr Körper wehrt sich. So ist es immer. Aber nur beim Einnehmen. Schon bald wird er genießen können. Für einige Zeit wird er spüren, wie es sein muss, in Verbindung zu stehen.

Sie nimmt einen Schluck von dem Kaffeebecher, den sie in einer Kneipentoilette mit Wasser befüllt hat und lehnt sich langsam gegen die Eiche. Ein Vogel zwitschert von einem nahe gelegenen Baum herüber und sie stellt sich vor, dass sein Gesang eine Geschichte wäre. Eine Geschichte über sie.

Sie muss grinsen, während die Kristalle langsam ihre Wirkung entfalten. Es beginnt mit einem leichten Kribbeln, das sich nach und nach in ihrem ganzen Körper ausbreitet. Wärme erfüllt sie und ein Blick nach unten bestätigt ihre Wahrnehmung: Die blaue Energie pulsiert in ihrem Körper. Sie sieht anders aus als die natürliche, weiße Energie. Nicht so fließend, eher verworren und chaotisch.

Emma schließt die Augen und konzentriert sich auf das wohlige Gefühl, das sie vergessen lässt. Immer dumpfer und tiefer sinkt sie in den Rausch hinein, lässt sich von ihm führen. Stellt sich vor zu den anderen zu gehören. Verbunden zu sein. Ihre Vergangenheit auszulöschen. Und dann ... sieht sie plötzlich Theo vor sich. Theo mit seinen Nach-Gewitter-Augen.

Das chaotische Pulsieren wird immer stärker und unregelmäßiger. Hui ... Das war vielleicht doch ein bisschen zu viel des Guten ... Angestrengt versucht sie sich auf etwas anderes zu konzentrieren: auf das Zwitschern des Vogels. Sie spürt, wie sein Gesang in sie eindringt, ihren Körper in Wellen erfasst. Als würden die Noten sich mit jeder einzelnen Zelle verbinden, pulsiert nun ihre Geschichte in ihr und in ihrem Kopf dröhnt es - ein Hall, der sich selbst multipliziert.

Dann spürt sie plötzlich etwas Kühles, Rundes an ihrem Kehlkopf. Intuitiv greift sie danach, ohne ihre Augen zu öffnen. Ihre Finger erfassen eine Kette. Eine Kette mit einem runden Medaillon, das sich anfühlt wie eine Münze.

Eine Kette, die nicht da ist ...

Das Dröhnen in ihrem Kopf schwillt weiter an und das wohlige Gefühl der Kristalle wird langsam von einer dunklen Macht übertönt. Einer Macht, die ihre eigene Geschichte verursacht. Sie krallt sich in ihr fest, saugt sie aus und immer weiter schwillt das Dröhnen an. Immer weiter, immer lauter, immer einnehmender. Sie kriegt keine Luft mehr. Will sterben, damit es endlich endet.

»Stoooooopp!!«, hört sie ihr eigenes Geschrei wie aus weiter Entfernung. Als wäre nicht sie es, die ihre Lippen bewegt. Selbst ihre Stimme klingt fremd. Und dann, als sie gerade glaubt, das Dröhnen keine Sekunde länger mehr aushalten zu können, wird es auf einmal totenstill.

...

Nur ihr Atem durchbricht die Stille. Hektisch und unkontrolliert stößt sie die Luft zwischen ihren Zähnen hervor.

»Öffne deine Augen, Emma«, hört sie Theos Stimme.

Unmöglich! Auf keinen Fall wäre er ihr gefolgt! Na gut, sagen wir, es ist ziemlich unwahrscheinlich.

Sie würde der Anweisung gerne Folge leisten, aber irgendetwas hält sie davon ab.

»Öffne deine Augen, Emma«, ertönt nun eine andere, ihr unbekannte Stimme aus derselben Richtung, wie eben noch Theo zu hören war.

»*Lass sie zu!*«

»Das ist nicht real«, sagt sie halb zu sich, halb zu der Stimme.

»Was ist schon real?«

Etwas an ihr kommt Emma seltsam vertraut vor. Als hätte sie sie schon einmal vernommen. In einer längst vergessenen Zeit.

Stille. Geäst knirscht. Ein Schritt. Sie kneift ihre Augen

so fest zu, wie sie nur kann. Dann flüstert es direkt in ihrem Ohr: »Du musst endlich deine Augen öffnen, Emma!«

Einen Moment spannt sich jeder Muskel ihres Körpers an - ein kläglicher letzter Versuch der Wehr - ehe sie loslässt und langsam ihre Augen öffnet.

Das Licht blendet und sie muss ein paar Mal zwinkern, um zumindest schemenhaft ihre Umgebung erkennen zu können. Sie ist immer noch auf der Lichtung. Doch hockt jetzt etwas vor ihr und schaut sie an. Sie zwinkert erneut, reibt sich die Augen und langsam lichtet sich der Schleier, der sich über ihr Blickfeld gelegt hat.

Zwei durchdringende Augen schauen sie an. Blaugraue Augen.

»Theo?«, stößt Emma hervor und weicht erschrocken zurück, doch der Baum hinter ihr hindert sie daran, Distanz herzustellen.

»Nein«, erwidert das Wesen und fixiert sie weiter. Endlich erlangt sie ihre Sehschärfe vollständig zurück. Das ist nicht Theo. Sie kennt ihn nicht. Oder doch? Sie ist sich nicht sicher.

»Wer bist du?«, fragt Emma und schämt sich sogleich für die Unsicherheit in ihrer Stimme. Es pocht hinter ihren Schläfen und es fällt ihr schwer sich dabei zu konzentrieren. Dieses Mal hat sie definitiv zu viel genommen!

»Ich bin Ernst«, erschallt die Antwort.

»Was willst du von mir?«

Sie lässt ihren Blick an Ernst herunterwandern. Er trägt keine Energie in sich, dafür aber einen Anzug, der ziemlich teuer aussieht. Seine Haare hat er affig zu einem schmierigen Seitenscheitel gestylt. Emma kann sich ein Glucksen nicht verkneifen. Dieser Ernst passt mal so gar nicht hierher, in diese Situation - dann fällt ihr wieder ein, dass sie total auf Drogen ist und Ernst vermutlich tatsäch-

17

lich nicht real ist.

»Was ist schon real?«, reagiert er auf ihren Gedanken, statt auf ihre Frage.

»Fuck«, entfährt es ihr, während sie sich die Schläfen reibt. Nach einer Weile fragt sie: »Ist das dein Ernst man?«

Er guckt sie so durchbohrend an, dass ihr ein kalter Schauer über den Rücken läuft.

»Nein, Emma. Ich bin DEIN Ernst!«

»Ach, fick dich doch!«, faucht sie, kommt aber nicht umhin, sich dabei ein Schmunzeln verkneifen zu müssen. Einige Momente ist es still. Dann entscheidet sie sich für etwas.

»Okay, mein Ernst also. Und was willst du jetzt genau von mir?«

»Du weißt, was ich will - sonst würdest du mich nicht sehen, Emma. Los, fühle nach!«

Er sagt die Worte mit solch einem Nachdruck, dass sie sich dumm vorkommt, nicht zu wissen, was er meint. In jedem Fall findet sie ihre Halluzination jetzt schon tierisch unsympathisch.

»Du musst mich nicht mögen, Emma - du musst etwas ändern!«

Ernsts Augen bekommen einen Ausdruck, den sie nur schwer deuten kann. Eine Mischung aus Verzweiflung und Tatendrang vielleicht. Er schaut sie an, als würde etwas wahnsinnig Wichtiges vonstattengehen. Etwas Bedeutsames, dessen Zentrum sie (und zwar nur und ausschließlich sie) ist. Diese Ernsthaftigkeit ist definitiv nicht ihr Fall! Mit einem schiefen Lächeln versucht sie die Brisanz, die er um sie herum aufbaut, zu entschärfen.

Ernsts Gesichtszüge bleiben starr.

»Emma, das ist nicht lustig. Ich bin aus einem bestimmten Grund hier ... Ich bin hier, damit du den Ernst deiner

Lage erkennst!«

Jetzt kann sie nicht mehr an sich halten und schallendes Gelächter ertönt aus ihrem Mund. Ein Gelächter, das sie schon fast vergessen geglaubt hat. Und als müsse es seine Auferstehung zelebrieren, schwellt es nur noch mehr an, je ernsthafter und besorgter Ernst sie dabei ansieht. Ihr eigenes Lachen hallt nun von Baum zu Baum, durchdringt den Vogel, der eben noch sie durchdrungen hat und mit jedem Laut, mit jedem Schnauben und Quieken, ja sogar mit jedem der gelegentlichen Grunzer, hat sie das Gefühl sich zu befreien. Von etwas, wovon sie nicht genau weiß, was es überhaupt ist. Es ist, als würde sie völlig die Kontrolle verlieren, über sich, über ihren Körper, über ihre Seele. Und irgendetwas passiert da in diesem Moment tief in ihrem Inneren.

Da plötzlich, als ihr Gelächter schon beinahe wahnsinnig klingt, fällt ihr auf, wie ähnlich es sich anhört zu verzweifeltem Weinen. Und kaum dass sie diesen Gedanken zu Ende gedacht hat, rollen schon die Tränen und das eben noch so laut schallende, wohltuende Gelächter entpuppt sich zu einem hysterischen Heulkrampf und grenzenloser Verzweiflung. Den Übergang vom einen zum anderen hätte kein Außenstehender erkennen können.

Ernst läuft energischen Schrittes auf und ab. Er ist sichtlich empört über Emmas Unvermögen ihn einzusehen. Schon seit über einer halben Stunde konfrontiert er sie mit jedem einzelnen fragwürdigen Aspekt ihres mickrigen Daseins - mit eher mäßigem Erfolg.

»Emma, du kannst doch nicht ernsthaft so weiter machen wollen. Ein Leben voller Neid und Rausch. Du wirst zugrunde gehen. Versteh das doch!«

Wie die meisten seiner bisherigen Sätze lässt sie auch

diesen einfach in der Lichtung stehen. Ihre Augen brennen und sie hat das Gefühl, als hätte sie jede angestaute Träne der letzten Jahre oder gar der letzten Jahrzehnte hinausgeweint. Mit dem Resultat, dass sie sich jetzt irgendwie leer fühlt und mal so gar nicht in der Lage, dieses Gespräch mit Ernst zu führen.

Während sie so verzweifelt geweint hatte, hat er ihr ein Stofftaschentuch (mit eingraviertem E.d.L.) gereicht und unbeholfen ihre Schulter getätschelt - einige unangenehme Minuten lang. Und kaum dass sie sich halbwegs wieder unter Kontrolle hatte, fing er mit diesem ätzenden, nicht enden wollenden Appell an.

Na gut ... Verstehen kann sie es ja schon, immerhin rennt ihm langsam die Zeit davon. Die Kristalle dürften nicht mehr all zu lange wirken.

»Hör nicht auf ihn!«

Diesen Satz wiederholt ihr Herz schon eine geraume Weile. Sie würde es am liebsten zum Schweigen bringen.

»Emma!«, reißt Ernst sie aus ihren Herzensangelegenheiten. Skeptisch schaut er zu ihr herunter, macht einen großen Schritt auf sie zu und kniet dann vor ihr nieder. Sein schicker Anzug landet dabei mitten in einer zerknüllten Marlboro-Packung.

»Soll es das wirklich für dich gewesen sein? Berauscht von Verbindung träumen? Hassen, Verabscheuen und Energieklauen?«

»Was hab ich denn für eine Wahl?«, fragt sie schließlich mit belegter Stimme, »Nichts kann ich entscheiden. Vielleicht konnte es meine Mutter ... doch die ... hat sich für sich selbst entschieden!«

Ernst schenkt ihr einen mitfühlenden Blick. Seine Stimme wird sanfter, als er sie korrigiert: »Emma, sie konnte sich nicht für deine Verbindung entscheiden, weil sie selbst nicht in Verbindung stand. Wie also hätte sie es dich lehren können? Sie war nicht dazu ...«

»Was meinst du mit LEHREN?«, unterbricht Emma ihn - in ihren Augen flackert Neugierde auf.

»Endlich erreiche ich dich!«, freut sich Ernst, ohne davon seine Mimik beeinflussen zu lassen, »Ich meine damit, dass jedes Wesen lernen kann, sich in Verbindung zu setzen. Es ist eine Wahl, Emma. Und zwar nicht die deiner Eltern, sondern deine!«

»Glaub ihm nicht!«

Man kann sehen, wie es ernsthaft in Emma arbeitet. Sie würde seinen Worten gerne Glauben schenken und doch ergeben sie überhaupt keinen Sinn. Wenn sich jedes Wesen einfach in Verbindung setzen könnte, dann wüsste sie das doch ...

Oder?

»Die Wesen hier wissen nichts und du genauso wenig. Ihr bleibt an einem Ort, ein Leben lang und lernt, was es in diesem zu wissen gibt - Dabei ist da noch so viel mehr als das. Sichtbar ist nur ein Teil der Wahrheit. Du warst nie woanders. Du warst immer nur hier ... Bist du schon mal auf die Idee gekommen, dass es noch mehr hinter dem Horizont da gibt? Dass es woanders anders ist?«

Mit einer ausladenden Geste deutet er in Richtung der untergehenden Sonne.

»Du bist nur eine Halluzination«, entgegnet Emma trotzig, weil er genau ins Schwarze getroffen hat. Tatsächlich war sie noch nie außerhalb von Sichtbar.

»Es ist egal, was ich bin. Du musst mir auch nicht glauben. Aber geh! Geh weg von hier. Mach dich auf den Weg und finde heraus, wie man sich in Verbindung setzen kann. Egal was. Aber alles ist besser, als dein Jetzt.«

Scheiße ... Er hat Recht.

Ernsts Gesichtszüge verlieren etwas von ihrer Eindringlichkeit, zu einem Lächeln lässt er sich jedoch nicht verleiten. Irgendwie verliert auch seine Haut an Farbe. Nein Moment ... Sein ganzes Sein an Substanz: Er beginnt sich vor ihr in Luft aufzulösen.

»Geh, Emma! Zurückkommen kannst du jederzeit. Doch Finden kannst du nur, wenn du suchst«, sind seine letzten Worte, ehe er sie wieder alleine auf der Lichtung zurücklässt.

2. KAPITEL
in dem Jemand nicht gesehen wird

Es ist Nacht. Energielos und verkatert läuft Emma durchs Dunkel. Ohne sich zu verabschieden hat sie Sichtbar verlassen, aus Angst, es sonst gar nicht zu tun. Theo ist ohnehin das einzige Wesen, das ihr (zumindest wenn sie ehrlich zu sich selbst ist) am Herzen liegt. Doch wie hätte sie sich je von ihm verabschieden können?

Seit Stunden läuft sie nun schon die Hauptstraße entlang und wundert sich darüber, dass sie noch nie hier war. Oder sonst irgendwo anders. Sie weiß nicht einmal, welche Städte und Dörfer es außerhalb von Sichtbar gibt. Jetzt, wo sie hier so wagemutig ihren Weg beschreitet, kommt ihr das irgendwie ziemlich beschränkt und kleingeistig vor. Es scheint ihr, als müsse man manchmal erst hinausgehen, um die innere Beschränkung zu erkennen.

Je weiter sie nun vorankommt, desto langsamer werden ihre Schritte. Als würde sie sich mit jedem Schritt auch von ihrem Tempo entfernen. Dem Tempo ihres alten Lebens. Oder es liegt doch nur an dem Kater, der Müdigkeit und der fehlenden Energie.

Die Straßenlaternen tauchen ihren Weg in ein sanftes Orange, während alles um sie herum im tiefen Schwarz versinkt. Es fühlt sich eigenartig an, nicht zu wissen, wo sie sich morgen befinden wird. Ziellos war Emma zwar immer schon, aber diese Ziellosigkeit jetzt, ist anderer Natur. Denn nun ist sie eine Suchende. Und das Ziel jedes

Suchenden ist das Finden.

Schon seit einer geraumen Weile ist Emmas Energie aufgebraucht. Ein zähes Gefühl der Leere macht sich seither in ihr breit. Ein Gefühl der Kraftlosigkeit, der Resignation. Als würde nach und nach alles Leben aus ihr weichen - oder das bisschen, das sie ihr Leben nennen kann.

Jeder Schritt kostet sie Kraft. Jeder Atemzug. Ein beklemmender Druck liegt auf ihrem Brustkorb, während sie zu Zweifeln beginnt. Vielleicht hätte sie nicht auf Ernst hören sollen. Sie weiß ja nicht mal, was passieren wird, wenn sie weiterhin ohne Energie auskommen muss. Brauchen Wesen die Energie zum Überleben? Darüber hat Emma noch nie nachgedacht.

Ihre Glieder schmerzen und sie hätte sich am liebsten hingelegt und ihre Augen geschlossen, sich der Müdigkeit und der Leere einfach hingegeben. Doch irgendetwas in ihr treibt sie an, weiterzugehen - immer einen Fuß vor den anderen zu setzen.

Und mit jedem Schritt verliert sie die Bedeutung.

Die Bedeutung, die sie den Dingen gibt.

Die Bedeutung ihres Weges, der Verbindung, der Energie. Sie ist nur noch ein Wesen, das geht. Keine Emotionen, die sie in die eine oder andere Richtung zerren.

Sie IST einfach nur.

Und es ist ihr egal, was kommt.

Es ist ihr egal, was war und ob sie weiter existiert. Und da erkennt sie auf einmal, dass diese Bedeutungslosigkeit gleichsam eine Art Akzeptanz mit sich bringt.

Je länger Emma nun so vor sich hin geht, das immer gleiche Bild vor Augen, desto achtsamer wird sie. Sie hat es sich zum Spiel gemacht, Veränderungen ausfindig zu machen: Eine leicht flackernde Laterne, ein Büschel Gras, Risse im Asphalt. Ja sie achtet sogar darauf, wie sich der

Asphalt unter ihr anfühlt und nach einer Weile zieht sie ihre Schuhe aus, um noch bewusster zu empfinden. Noch nie hat Emma ihre Umgebung auf diese Art und Weise in sich aufgenommen.

Und so findet sie also in der Bedeutungslosigkeit Bedeutung. Denn indem jedes gefühlte, gerochene und gesehene Detail für sie einen Wert erhält, scheint auf einmal alles wieder von Bedeutung zu sein. Nicht nur ihr Ziel oder Energie oder wo sie sich Morgen befindet, sondern jeder Grashalm, jede Schattensilhouette, jeder Kieselstein. Wenn ETWAS von Bedeutung ist, ist ALLES von Bedeutung.

Da plötzlich sieht Emma etwas am Straßenrand in der Ferne. Es leuchtet und ist keine Straßenlaterne, denn es scheint weißlich, ragt hoch in den Himmel hinauf und liegt abseits der Straße.

Einen Moment überlegt sie, bevor sie über die Straßenabsperrung tritt und sich einen Weg querfeldein in Richtung des Leuchtens bahnt. Erst als sie näher kommt, erkennt sie die fließenden Ströme wieder. Das ist doch nicht möglich: Diese riesige Säule dort besteht aus Energie!

So etwas hat sie noch nie zuvor gesehen. Sicher, es gibt natürlich Wesen, die besonders viel Energie in sich bündeln und eine hohe Reichweite haben, aber niemals in solch einer Intensität. Das Licht, das von dieser Säule ausgeht, ist so grell, so klar, dass Emma ihre Augen schließen und blind weiterlaufen muss. Dabei spürt sie erst die Wärme auf ihrer Haut und dann, wie die Energie sachte in sie eindringt.

Plötzlich hört sie etwas, das das Rauschen der Stille in ihren Ohren übertönt. Es klingt, als würde da jemand singen. Mit jedem Schritt wird der Gesang etwas deutlicher und die Energie um sie herum dichter. Emmas Körper

tankt sich binnen Sekunden voll und als jede Zelle überfüllt ist, spürt sie, wie sie selbst zu strahlen beginnt.

»*Kehr um!*«

Wie eine Motte vom Licht wird Emma vom Zentrum
der Energie angezogen. Nichts in ihrem Leben hat sich jemals so richtig angefühlt!

Immer deutlicher kann sie den Gesang vernehmen. Es
sind ihr unbekannte Silben, die sich in ihr Herz schlei-
chen, etwas bewegen und schließlich ihre Lippen, die einfach ohne ihr Zutun die Laute mitsingen: »EO WAHI
PANA LA!«

Emma kann sich nicht erinnern, wann sie das letzte
Mal gesungen hat. Ihre Stimme klingt fremd. Ja sogar beinahe melodisch. Es ist, als würde jeder gesungene Laut
eine emotionale Reaktion in ihr erzeugen. Etwas so Wunderbares hat sie noch nie zuvor erlebt!

Sie fühlt sich frei, voller Freude. Und da ist noch ein
Gefühl - nur für den Bruchteil einer Sekunde steigt es an
die Oberfläche. Kaum gefühlt, ist es schon wieder verschwunden, ohne dass sie es greifen, geschweige denn be-
nennen kann.

»EO WAHI PANA LA!«, schallt es energisch aus ihrem
Mund.

Emma ist so in sich und ihren Gesang vertieft, dass sie
gar nicht bemerkt, wie sie das Zentrum der Energie erreicht. Da sie ihre Augen geschlossen hat, bemerkt sie weder, dass sie mittlerweile alleine singt, noch das Wesen,
das da vor ihr auf dem Boden sitzt. Und vor allem bemerkt sie nicht, dass eben dieses grinsend beobachtet und
zulässt, dass Emma über es stolpert und rücklings im
Gras landet.

Kichern ist zu hören.

Verdutzt öffnet sie ihre Augen, aber das gleißende

Weiß macht es ihr unmöglich etwas zu erkennen.

»Ist da jemand?«, fragt sie verunsichert.

»Wie sollte ICH denn Niemand sein?«, gluckst es zurück mit einer Stimme, die so melodisch klingt, dass Emma sich nicht sicher ist, ob die Frage gesungen oder gesprochen ist.

»Ja, ich bin Jemand. Es ist immer besser Jemand zu sein als Niemand. Findest du nicht auch?«, klingt es, gefolgt von einem weiteren Kichern. Emma würde am liebsten kein Wort mehr sagen und nur noch diesem wunderschönen Singsang lauschen.

»Willst du nicht langsam wieder aufstehen?«, tönt Jemand.

Will sie das? Nein. Eigentlich nicht. Sie fühlt sich recht wohl hier unten.

»Nein«, lacht sie daher. Jemand beginnt ebenfalls zu lachen und sein Lachen klingt wie ein Zwitscherkonzert hunderter Singvögel. Je lauter Jemand lacht, desto lauter lacht auch Emma und umgekehrt. Offenbar müssen sich die beiden mal kräftig auslachen - und so tun sie das auch.

Jemand plumpst dabei neben sie ins Gras und eine der wunderbarsten Tränenarten kullert ihnen in Strömen über die vom Lachen bereits schmerzenden Wangen. Dieses Mal verändert sich ihr Lachen nicht in sein Gegenstück. Es ist einfach federleicht und erfüllt sie durch und durch mit purer Freude.

Erschöpft liegen die beiden nun ausgelacht nebeneinander. Emma bemerkt, dass Jemand ihre Hand hält. Behutsam. Freundschaftlich. Vertraut.

»*Lauf!*«

Sie genießt die Berührung und weiß dabei nicht, wann sie sich das letzte Mal so geborgen gefühlt hat. Hier bei Jemand zu sein, fühlt sich richtig an.

Als wäre sie genau jetzt, genau da, wo sie sein soll.

Als wäre sie zum ersten Mal in ihrem Leben wirklich sie selbst.

»Danke«, haucht sie, von Jemand berührt.

Dann klingt er: »Manchmal muss einem Jemand zeigen, wie es ist jemand zu sein.«

»Ich würde dich gerne sehen«, gibt sie zu, weiß aber, dass es unmöglich für sie ist. Selbst mit geschlossenen Augen strahlen grelle, weiß-rot schillernde Lichtmandalas durch ihr Augenlid.

»Du siehst mich bereits mit deinem Herzen und somit viel wahrhaftiger, als du es mit deinen Augen je könntest.«

Emma kommen die Worte bekannt vor. Sie hatte einst ein liegengebliebenes Buch auf einer Parkbank gefunden, in dem davon die Rede war. Diese Vorstellung ist ihr jedoch zu abstrakt, obgleich sie Wahrheit in ihr ahnt. Denn sie fühlt Jemand nicht nur mit ihrer Hand. Sie fühlt seine Präsenz. Sie spürt Freundschaft und Vertrautheit, als würde sie schon ewig und für immer bestehen.

»Ich lasse dich fühlen, wie es ist, jemand zu sein. Und dass du nur jemand werden kannst, wenn du mit deinem Herzen siehst, anstelle deiner Augen!«

»Ich bin Niemand«, entfährt es Emma nach einer Weile. Es tut nicht weh diese Wahrheit auszusprechen. Sie sind unter sich. Es ist schlicht die Wahrheit. Das, was sie tief im Inneren von sich selbst glaubt.

»Ich habe dich sofort gefühlt ... denn du bist mein Gegenstück. Wir sind eins. Im Kern vereint, nur anders gefühlt.«

Und nach einer Pause, die er Emma gibt, um zu verstehen, klingt er fort: »Du wirst ich. Und manchmal werd ich du. Weil ich bin du und du bist ich - nur das Herz unterscheidet.«

Sie versucht zu begreifen, was er ihr mitteilen möchte, doch es ist für sie ähnlich vorstellbar wie die Unendlichkeit - immer dann, wenn sie gerade das Gefühl hat, sich ein Bild davon zu machen, verschwimmt es wieder vor ihren Augen.

»Mein Herz flüstert gegen mich ...«, stellt Emma schließlich fest. Jemand kichert.

»Oh ja. Das machen die Herzen von niemandem immer. Ich sagte auch nicht, dass du auf dein Herz hören sollst. Herzen sind genauso jemand und niemand, wie wir Jemand und Niemand sind. Und nur wenn sie jemand sind, kannst du ihren Worten trauen. Denn niemand rät dir nur zum niemand Sein. Also höre nicht, sondern fühle. Fühle hinter die Worte und finde deinen Schatz!«

»Was denn für ein Schatz?«

»Der Schatz, der mit uns zur Welt kommt und mit uns wieder vergeht. Der Schatz, den alle suchen, aber nur wenige an der richtigen Stelle. Der Schatz, der Niemand zu Jemand macht.«

Das ergibt auch nicht mehr Sinn für Emma. Und trotzdem stellt sie die Frage (weil es doch irgendwie dämlich wäre, es nicht zu tun): »Wo finde ich diesen Schatz?«

Jemand lacht schallend auf und weil es sich einfach so leicht anfühlt, lässt sie sich davon anstecken. Dass er ihre Frage dabei nicht beantwortet, macht ihr überhaupt nichts aus - sie hat ohnehin nicht verstanden, was er meint.

Mit einem wohligen Lächeln auf den Lippen kuschelt sie sich nun in Jemandes Arm. Ein paar flüchtige Momente der Wärme vergehen und mit ihnen Emmas Wachheit.

3. KAPITEL

in dem Emma den Wert von Nichts begreift

Langsam erwacht sie aus einem langen, wohltuenden Schlaf. Es dauert ein paar Momente bis der Übergang von der Traum- zur Wachwelt vollzogen ist und sie wieder Zugang zu ihren Erinnerungen hat.

Schlagartig hellwach reißt sie ihre Augen auf.

Wo ist Jemand?

Nicht Energie, sondern Sonnenstrahlen blenden sie sanft. Emma richtet sich auf und lässt ihren Blick über die Wiese schweifen. Niemand ist zu sehen.

»Vergiss ihn.«

Zum ersten Mal beschleicht sie der Gedanke, dass Jemand vielleicht gar nicht real war. Möglicherweise eine weitere Halluzination ...

Doch als sie nun an sich heruntersieht, registriert sie, dass ihr ganzer Körper nur so vor Energie strotzt! So vollgetankt wie jetzt, war sie noch nie in ihrem Leben. Energisch springt sie auf. Halt Stopp. Was ist das denn? Das weißliche Leuchten, das von ihrem Körper ausgeht, hat es sie zunächst nicht erkennen lassen, doch jetzt sieht und fühlt sie es ganz deutlich: Sie ist splitterfasernackt!

Verwirrt sucht sie den Boden nach dem Rucksack und ihren Klamotten ab. Nichts.

Hat ihr Jemand etwa alles weggenommen?

Warum hat er sie überhaupt, ohne sich zu verabschieden, zurückgelassen?

Vermutlich wäre Emma unter jedem anderen Umstand jetzt hektisch und vielleicht sogar panisch geworden. Mit so viel Energie ist ihr das aber unmöglich. Stattdessen muss sie lachen bei dem Gedanken, wie sehr sich Jemand über diesen Streich gefreut haben muss.

Nun gut. Sie ist also nackt und besitzt absolut gar nichts mehr. Obwohl ... das stimmt ja so nicht. Denn sie hat etwas viel Wertvolleres gewonnen: Energie! Das und das Wissen um einen Freund und seine Worte, deren Bedeutung ihr noch verborgen bleibt.

Kurz ist sie unentschlossen, was sie als Nächstes machen soll. Ein Blick zur Straße genügt aber, um zu wissen, dass sie ihr nicht weiter folgen wird. Emma will die Natur sehen - keinen Asphalt.

Gelassenen und leichten Schrittes beginnt sie das Feld zu überqueren - die Straße im Rücken. Eine laue Brise schmiegt sich um ihren Körper und sie kann das Gezwitscher von Vögeln im nahe gelegenen Wäldchen ausmachen. Kurz flackert die Erinnerung an Jemandes Lachen in ihr auf und sie muss schmunzeln.

Das Gras kitzelt zwischen ihren Zehen, während sie sich auf das Wäldchen zubewegt. Energie strömt sanft unter ihr und fließt in jeden einzelnen der Grashalme, die sich behutsam tanzend mit der Brise bewegen. Emma hat das Gefühl, als würde auch sie von dieser Brise getragen - jeder Schritt federleicht. Nur noch blass kann sie sich an die Schwere vom gestrigen Tage erinnern.

Endlich bekommt sie ein Gefühl dafür, wie es sein muss, verbunden zu sein. Nur ein Unterschied bleibt: Sie ist zwar voller Energie und strahlt diese auch aus, doch die Energieströme des Bodens fließen weiterhin unberührt unter ihren Füßen hinweg. Das macht ihr gerade aber gar nichts aus, denn sie fühlt sich gut. Ja sie fühlt sich sogar sehr gut.

»Du spielst mit dem Feuer. Das wirst du noch bereuen!«

Lächelnd erreicht Emma das Wäldchen und bestaunt die Pflanzen und Bäume. In Sichtbar hatte sie noch nie Natur gesehen, die sich selbst erschafft und die Schönheit dessen verschlägt ihr jetzt nahezu den Atem. Die Energie in diesem Wald strahlt viel intensiver und deutlicher. Dabei wirkt die Szenerie so faszinierend und besonders, dass sie ihre Füße nur ganz behutsam voreinander setzt, um keines der kleineren Pflänzchen unter sich zu begraben. Alles erscheint unberührt schön und schützenswert.

An einer Lichtung entdeckt sie schließlich ein paar Brombeersträucher. Erst als ihr Magen seiner Leere laut Ausdruck verleiht, wird ihr bewusst, wie lange sie schon nichts mehr gegessen hat. Vorsichtig pflückt sie eine Beere nach der anderen und lässt sie genüsslich auf ihrer Zunge zergehen. Sie schmecken intensiv und erfrischend.

»Danke«, entfährt es ihr.

Die Energie des Strauches leuchtet für ein paar Sekunden auf - zumindest glaubt Emma das zu sehen.

Eine geraume Weile, ja vielleicht sogar einige Stunden streift sie versonnen durch das Wäldchen. Immer der Nase nach. Getragen von dem Gefühl, dass ihr alles gegeben wird, was sie benötigt (Kleidung scheint offenbar nicht dazuzugehören).

Schließlich tritt sie aus dem Wäldchen hervor auf ein riesiges Weizenfeld. Von hier aus kann sie Häuser einer Ortschaft erkennen. Gelassenen und doch zielstrebigen Schrittes überquert sie das Feld.

Die Gebäude, die sie dort vor sich sieht, unterscheiden sich von jenen in Sichtbar. Sie sind herrlich verziert, schillern in den schönsten Farben und sind mit Edelsteinen besetzt, die das Sonnenlicht reflektieren. Alles funkelt und glitzert in wunderschönen, handgearbeiteten Mustern.

Mit vor Staunen weit geöffnetem Mund tritt Emma auf die Straße. Anstelle des Asphalts glitzert diese golden und trägt ebenso wundervolle Verzierungen wie die umstehenden Gebäude. Der ganze Boden ist bedeckt mit diesem Kunstwerk, das ein Vermögen und einen Haufen Arbeit gekostet haben muss. Keine Verzierung, kein Muster gleicht einem anderen. Jedes Einzelne ist in sich so wunderschön und vollständig. Und doch fügen sich die Muster zu einem noch beeindruckenderen Gesamtwerk zusammen.

Emma ist so fasziniert, dass sie überhaupt nicht bemerkt wie sie mit abschätzigen Blicken bedacht wird. Gebannt schlendert sie staunend durch die Straßen. Wer hat all diese Kunstwerke wohl erschaffen?

Als sie sich gerade hinunter bückt, um eines der Bodenmuster genauer in Augenschein zu nehmen, tippt ihr jemand auf die nackte Schulter.

»*Pass bloß auf!*«

Vor ihr steht ein schnaufender, angestrengt aussehender, aber vor allem wahnsinnig umfangreicher Mann. Tatsächlich fällt Emma sogar die Kinnlade herunter beim Anblick seiner gewaltigen Körpermasse. Auch seine Kleidung findet sie beachtlich, denn die glitzert und funkelt ebenso wie die Böden und Fassaden. Er sieht aus wie ein überdimensional großes Schmuckstück: eine riesige, schillernde Perle. Sein energieloses Gesicht ist dabei das Einzige, das nicht von diesem goldenen Gefunkel verhüllt wird. Moment mal. Erst jetzt bemerkt sie, dass auch keine Energieflüsse im Boden zu erkennen sind. Sie werden überdeckt von all dem Prunk.

Die Perle mustert Emma skeptisch. Es scheint ihm sichtlich unangenehm zu sein, dass sie bislang nicht auf ihn reagiert hat.

»Du hast nichts. Also bist du nichts!«, stellt er mit unpassend erhabenem Blick fest. Eigentlich wirkt sogar alles an ihm ziemlich unpassend. Eine kleine Portion ihrer Energie huscht in die Perle hinein.

»Ich bin Emma«, korrigiert sie nun aufrichtig.

Er schaut sie verwirrt an und errötet, während seine Augen langsam aus ihren Höhlen hervorquellen. Schließlich tönt er, mit all der Autorität, die solch eine Perle in der Lage ist auszustrahlen: »Hier ist Alles. Wir haben alles. Du hast nichts. Also gehörst du ins Nichts!«

Während er spricht, entfachen seine Lippenbewegungen kleine Welleneffekte, die sein ganzes Gesicht vibrieren lassen. Emma kann sich ein Grinsen nicht verkneifen. Das und vermutlich ihr gesamtes Auftreten finden wenig Anklang bei der Perle und so gibt er den Befehl: »Bringt sie ins Nichts!«

Gemächlich gesellen sich zwei weitere Perlen zu ihnen und ergreifen Emma. Alles wirkt dabei so skurril, dass sie am liebsten laut losgelacht hätte. Und da sie keinen anständigen Grund findet, es nicht zu tun, wird sie nun also lauthals prustend von den Perlen ins Nichts gebracht.

Nach einer gefühlten Ewigkeit kommen die Drei auf der anderen Straßenseite an - Emma immer noch lachend und sich den Bauch haltend, die beiden Schmuckstücke schweißdurchtränkt.

Unsanft stürzt Emma zu Boden, als sie die Perlen von sich stoßen. Sie spürt Erde unter ihren Fingern. Keine Verzierungen, kein Gold, kein Glitzer und Gefunkel. Dafür kann sie nun wieder die fließende Energie sehen. Fasziniert betrachtet sie den Übergang von Alles ins Nichts genauer.

Jede Schönheit, Kunst, jedes Glitzern und Prächtige endet einfach abrupt. Stattdessen ist das Nichts von eingelaufenen Pfaden und unzähligen Wellblechhütten überzogen. So prunkvoll und edel Alles wirkt, so armselig und mickrig wirkt Nichts. Womöglich verstärkt sich diese Wirkung auch durch den Kontrast.

Da tritt plötzlich ein kleines, unglaublich dünnes Mädchen aus dem Schatten eines nahegelegenen Hütteneingangs. Fast jeder Knochen zeichnet sich unter der dünnen Hautschicht ab. Der Anblick schmerzt Emma.

Just schwebt eine Portion Energie von ihr zu dem Mädchen, die sich mit einem herzlichen Lächeln dafür bedankt. Dieses Lächeln ist so strahlend und authentisch, dass es irgendwie deplatziert an diesem Körper wirkt. Auch ihre Augen strahlen besonders intensiv und jetzt, da sie gänzlich aus dem Schatten hervorgetreten ist, kann Emma die pulsierende Energie in ihr erkennen. Das und dass sie ebenfalls nackt ist.

»Hallo«, wird sie fröhlich begrüßt.

»Hallo«, entgegnet Emma und muss sich dabei konzentrieren, die Augen und nicht den mageren Körper des Mädchens zu fixieren.

»Sie haben dich hergebracht, weil sie nicht wissen, dass du kein Bewohner von Habensreich bist. Sie kennen uns nicht. Aber ich kenne uns und dich kenne ich nicht.«

Emma huscht ein Lächeln übers Gesicht.

»Sie beurteilen nur, was du hast. Und du hast nichts«, mit einem leichten Nicken auf Emmas Energie fügt sie hinzu, »Nichts, das ihnen von Wert ist.«

»Mir scheint, dann haben sie doch nicht alles, nicht wahr?«

Das Mädchen lacht.

»Ich bin Lisa! Komm mit. Du hast bestimmt Hunger.

Gleich kommen die anderen von der Arbeit zurück.«

Sie streckt ihr ihre Hand entgegen, die in der Sonne zu schimmern scheint. Der Anblick treibt Emma Tränen in die Augen und schon fließt etwas ihrer Energie in Lisa hinein, die sie sogleich zu trösten versucht: »Es ist nur meine Hülle.«

Und da kommt Emma sich plötzlich unglaublich dumm vor - vor diesem taffen, kleinen Mädchen, das ihr Trost spendet, obwohl nicht sie es ist, die so verschwindend vorhanden ist. Folgerichtig schluckt sie ihre Tränen herunter, ergreift die dargebotene Hand und lässt sich durch Nichts führen.

Zu fast jeder Wellblechhütte hat Lisa etwas zu erzählen ... Und das tut sie auch. Sie erzählt von den Wesen, die ihnen innewohnen, von Gemeinschaft und Liebe. So beginnt Emma allmählich zu verstehen, dass dieses kleine Mädchen hier offenbar nicht nur mit der Energie, sondern auch mit all diesen Wesen verbunden. ist

»Darf ich dich was fragen?«

Lisa nickt erwartungsvoll.

»Woraus besteht eure Arbeit?«

Und da bestätigt Lisa ihre Vermutung. Insgeheim hat Emma es sich schon beim Anblick der ersten Perle gedacht. Niemals wäre eine von denen in der Lage solche Kunstwerke anzufertigen.

Sie erreichen einen großen Platz. Ein langer Tisch ist dort aufgebaut auf dem drei überdimensionale Töpfe mit dampfendem Inhalt stehen. Nach und nach füllt sich der Platz mit all den Einwohnern von Nichts. Es müssen Tausende sein, vielleicht sogar mehr. Mann an Kind, Frau an Mann, Kind an Frau stehen sie auf dem Platz und stellen sich spiralförmig auf, um ihre Essensration zu erhalten.

Drei Töpfe für all diese Wesen. Emmas Herz wird schwer und wieder verliert sie Energie. Bereits die Hälfte hat sie seit ihrer Ankunft eingebüßt.

»Hier«, reißt Lisas Stimme sie aus ihren Gedanken und sogleich legt sie ihre kleine Hand in Emmas. Dann schließt sie die Augen und nun kann Emma spüren, wie es in ihren Fingerspitzen zu kribbeln beginnt. Energie strömt in sie, während jene in Lisa an Leuchtkraft verliert. Ruckartig zieht Emma ihre Hand zurück. Es fühlt sich falsch an, von Lisa zu erhalten, die doch nur so wenig hat.

»Du weißt es nicht oder?«

»Was weiß ich nicht?«, entgegnet Emma verwundert.

»Na, dass wir erhalten, wenn wir geben! Schau!«

Emmas Augen weiten sich, während sie dabei zusieht, wie Lisas Energie wieder greller wird.

»Wow!«, ist das Einzige, das ihr zu sagen einfällt.

Ebenso wie alle anderen erhält Emma eine winzige Schüssel Suppe, die gerade mal den Inhalt eines Schnapsglases fasst. Lisa führt sie in einen Hauseingang, in dem bereits ein älterer Mann Platz gefunden hat.

»Das ist mein Papa, Lennard«, stellt sie ihn vor und setzt sich zu ihm auf die Stufen. Liebevoll schaut er sie an, reicht dann Emma seine Hand und bietet ihr den Platz zu seiner Linken an.

Niemand beginnt zu essen. Erst warten alle, bis jeder seine Ration erhalten hat.

»Lasst uns danken!«, ertönt nun eine Stimme von der Mitte des Platzes. Und schon im nächsten Moment erklingen die Stimmen aller Anwesenden und verschmelzen zu einer Einzigen: »Danke für diese Mahlzeit!«

Andächtig beginnen die Ersten zu essen. Winzige Schlucke nehmen sie. Kosten aus, was da ist. Nach einer

Weile ist Lisa fertig und weil Emma keinen Schluck ihrer Ration herunterbekommt, reicht sie ihr ihre.

»Iss ruhig«, sagt diese mit einer wegwerfenden Handbewegung.

»Wir erhalten, wenn wir geben!«, kontert Emma und das strahlende Lächeln, das Lisa nun übers Gesicht huscht, wärmt ihr Herz.

Und da ihr Herz nicht aufhört zu wärmen, blickt sie zu ihm herunter und beobachtet, wie sich dort eine kleine Menge Energie bildet. Nur eine wirklich Winzige. Doch sie hat sich tatsächlich selbst gebildet. In ihr. Nicht geklaut, nicht beschenkt. Sie ist gänzlich in ihr entstanden!

Eine Welle der Freude überkommt Emma.

Hat Ernst etwa recht?

Ist es vielleicht doch möglich sich zu verbinden?

»Ist es nicht!!!«

Lisa richtet sich auf und schließt sich den anderen Kindern an, die in der Platzmitte ein Murmelspiel aufgebaut haben.

»Sie haben eine tolle Tochter!«, durchbricht Emma die Stille nach einer Weile. Lennards Augen leuchten auf und sie spürt, wie stolz er auf Lisa ist.

»Ja, das habe ich tatsächlich!«

»Also … eine Sache verstehe ich einfach nicht …«, beginnt Emma endlich das anzusprechen, was ihr seit ihrem ersten Moment im Nichts auf der Seele brennt, »Wieso gibt es Alles und Nichts? Warum teilt ihr nicht einfach? Dann gäbe es keine Unterschiede.«

»Mit dem Haben ist das so eine Sache. Wenn jeder etwas hat, sind alle gleich. Aber um alles haben zu können, muss man anderen etwas wegnehmen und mit nichts zurücklassen.«

Emma denkt kurz darüber nach und fragt dann:

»Wieso haben denn manche angefangen, alles zu wollen?«

»Nun ja. Früher einmal war es nur die Energie, die uns unterschied. Die, die nicht verbunden waren, klauten die Energie derer, die es waren. Aber je bewusster ihnen wurde, dass ihnen die Verbindung fehlte, desto größer wurde ihr Verlangen, alles andere zu besitzen. Sie begannen im Kleinen. Nahmen nur dem ein oder anderen etwas weg. Aber alles, was sie dazu gewannen, ließ sie nur noch gieriger werden. Sie wollten mehr - immer mehr. Und dann wollten sie alles.«

Nach einer kurzen Pause ergänzt er: »Und das haben sie jetzt auch.«

»Nicht alles«, entgegnet Emma, legt ihre Hand auf sein Herz und beobachtet, wie ein Teil ihrer Energie in es hineinfließt.

Er lächelt.

»Oh ja. Unsere Energieverbindung ist sogar gewachsen, seitdem wir nichts mehr besitzen.«

Nach einer Weile, in der sie nachdenklich das fröhliche Miteinander betrachtet, stellt Emma fest: »Mir scheint, als wäre es wertvoller, nichts zu haben!«

4. KAPITEL

in dem sich einige Fragen stellen

Emma bleibt vorerst im Nichts. Sie beginnt sich mit den Wesen hier zu verbinden. Das spürt sie. Und sie kann es an dem Energieaustausch sehen. Allmählich wird sie ein Teil von Nichts. Lernt dessen Bräuche und Rituale.

Doch so sehr sie die reichlich fließende Energie hier genießt, so schwer fällt es ihr auch, das offensichtliche Ungleichgewicht zu akzeptieren. Allein in den paar Wochen, in denen sie nun hier ist, sind bereits vier Wesen verhungert. Sie selbst hat ebenfalls schon einige Kilos abgenommen.

Und trotz aller Ähnlichkeit unterscheidet Emma etwas ganz Gravierendes von den anderen: Sie ist nicht verbunden. Ihr Energiehaushalt lädt sich nicht selbstständig auf. Das hat die letzten Wochen dazu geführt, dass Lisa und Lennard sie fast täglich aufladen mussten und diese Abhängigkeit frustriert sie - vor allem dann, wenn sie wenig Energiereserven hat.

Immer häufiger denkt sie mittlerweile an ihren ursprünglichen Plan. Natürlich ist es hilfreich, jederzeit Energie tanken zu können, doch das ändert letztlich nichts an ihrer fehlenden Verbindung.

So hat sie das Gefühl, sich hier in etwas zu verrennen. In etwas, das ihrer Suche im Grunde nicht zuträglich ist.

»Ich kann nicht bleiben«, platzt es daher eines abends aus ihr heraus. Lisa schaut nicht einmal von ihrer Zeichnung auf, während sie murmelt: »Ich weiß.«

Lennard schmunzelt über seine Tochter, richtet seinen Blick dann auf Emma und fragt: »Wann wirst du weiterziehen?«

»*Bleib hier!*«

Und als hätte ihr Plan durch seine Aussprache nur noch an Dringlichkeit gewonnen, antwortet sie: »Noch heute!«

Ein letztes Mal vollgetankt folgt Emma nun dem einzigen Pfad, der aus Nichts hinausführt. Während sie ihn beschreitet, fragt sie sich, warum es ihr die anderen nicht gleich tun. Würde es Nichts nicht länger geben, könnte Alles doch gar nicht mehr existieren.

Doch Emma ahnt, dass sie nicht genug weiß, um die Situation beurteilen zu können. Immerhin wäre sie ja selbst beinahe geblieben. Manche Orte scheinen die Macht zu haben, einen zu halten ... oder gar aufzuhalten.

»*Kehr um!*«

Je weiter sie sich nun von Nichts entfernt, desto schöner wird ihre Umgebung. Und erst als sie plötzliches Vogelgezwitscher vernimmt, fällt ihr auf, wie lange sie keines mehr gehört hat. Eigenartiges Nichts ... So wertvoll manches in ihm, so schwer ist auch vieles dort.

»Warum bist du nackt?«, reißt sie da eine Stimme aus ihren Gedanken.

Verwirrt lässt sie ihren Blick umher schweifen, vermag den Tonerzeuger aber nicht auszumachen.

»Schaust du vielleicht zu tief?«, dirigiert dieser.

Prompt richtet Emma ihren Blick in die Höhe. Und siehe da: Ein großes, rotes Fragezeichen baumelt dort an einem Seil in der Birke vor ihr.

»Was machst du da?«, fragt sie etwas verunsichert, ob

es wirklich das Fragezeichen ist, das mit ihr spricht.

»Wonach sieht es denn aus?«, feixt es zynisch und verdreht dabei die Augen.

Der Wind wiegt es sachte hin und her, während Emma es kritisch beäugt.

»Kannst du mir jetzt endlich helfen?«

Forschend betrachtet Emma die Seilkonstruktion.

»Wolltest du ...?«

»Glaubst du echt, so etwas würde ich wollen?«, unterbricht es sie empört und verbiegt seinen Bogen dabei zu einer schrägen Linie, »Meinst du nicht, dass ich viel eher aufsteigen wollte, weil es ums Fragen geht?«

Nach weiterem Gebaumele unter Emmas skeptischem Blick, sagt es schließlich: »Hmm ... War mein Plan eventuell nicht gut durchdacht?«

Betretenes Schweigen.

»Holst du mich jetzt endlich hier runter?«

Ohne ein weiteres Wort klettert sie in den Wipfel des Baumes und bindet das Fragezeichen los. Mit einem Lauten »Hä?«, plumpst es ins Gras.

»Warum sollte es ums Fragen gehen? Sind Antworten nicht viel wichtiger?«, greift Emma den Faden auf, nachdem sie ebenfalls wieder Boden unter den Füßen hat.

»Wie könnte eine Antwort den Weg weisen, wenn sie doch nur die Reaktion auf eine Frage ist?«

»Na weil sie eine Antwort ist?«

»Hast du dich jemals entschieden, dir beispielsweise eine Pizza zu bestellen, ohne dass du Hunger hattest?«

Emma denkt nach und das Fragezeichen wittert die Chance: »Ist eine Antwort überhaupt etwas wert ohne ihre Frage? Hat eine Antwort überhaupt eine Bedeutung ohne ihre Frage? Und kann man letztlich nicht nur dann eine Antwort erhalten, wenn man auch eine Frage gestellt hat?«

Mist. Die Logik ist bestechend. Doch Emma bleibt skeptisch: »Was genau soll mir das denn jetzt bringen?«

Gemächlich wiegt sich das Fragezeichen auf seinem Punkt hin und her. Dann fragt es: »Glaubst du mir, wenn ich dir sage, dass es im Leben darum geht, die richtigen Fragen zu stellen? Verstehst du, dass eine Antwort nur entsteht aufgrund ihrer Frage?«

Sie nickt, versteht aber immer noch nicht, wie genau ihr das weiterhelfen soll.

»Bist du fähig, die richtigen Fragen zu stellen, um die richtigen Antworten zu erhalten?«

»Was sind denn die richtigen Fragen?«

»Vielleicht sind es Rhetorische?«, lacht es laut auf.

Emma verzieht ihr Gesicht und ist wenig angetan von seinem Humor. Nachdem das Fragezeichen sich wieder gefangen und ihren Missmut registriert hat, erörtert es: »Okay, also ist es für dich vorstellbar, dass du nur richtig fragen musst, damit die entsprechenden Antworten ganz von alleine zu dir kommen? Weißt du denn nicht, dass sie sodann beginnen ihre Antworten anzuziehen? Dass du nur laut und wohl gewählt fragen und darauf achten musst, dass du die Antwort auf die Frage auch wirklich hören willst?«

Emma ärgert sich, dass ihr schon wieder nur eine Frage dazu einfällt: »Aber wie kommen denn die Antworten zu mir?«

»Nun ... wie wäre es, würde in jeder Begegnung, in jedem Gespräch eine Botschaft stecken? Wenn jedes Ereignis eine Antwort für dich birgt? Welche Botschaften würdest du wohl erhalten? Aber noch viel wichtiger ist ... auf welche Fragen?«

»Na ja, äh ... wie auch immer. War nett dich kennenzulernen. Ich wünsche dir alles Gute«, folgt Emma ihrem anschwellendem Unbehagen und lässt das seltsame Fragezeichen einfach hinter sich.

»Was sind deine Fragen?«, ruft es ihr noch hinterher, aber sie ist weder bereit ihm, noch sich selbst darauf zu antworten.

5. KAPITEL

in dem Emma behütet wird

Mit Fragen im Kopf setzt Emma ihren Weg fort. Die Natur um sie herum verbreitet zunehmend Schönheit und vor allem die Energieintensität nimmt sichtlich zu. Immer mehr Gewächse säumen in den unterschiedlichsten Grüntönen ihren Weg.

Die Energieströme tanzen in sanften Wellenbewegungen in die Wipfel der Bäume. Emma fällt es schwer, bei all der Schönheit überhaupt einen klaren Gedanken zu fassen. Alles wirkt so friedlich, aufrichtig und frei.

Da erkennt sie, dass es der Natur nicht dienlich ist, sie anzulegen. Lässt man ihr ihren natürlichen Lauf, entsteht alles von ganz alleine in einer so atemberaubenden Vielfalt. Die Muster der Baumrinden, die Verzweigungen der Äste ... Kein Wesen hätte je diese natürliche Magie erschaffen können. Es erinnert sie an Alles. Doch die Schönheit hier ist von ganz anderer Natur. Sie ist. Lebendig und echt.

Zum ersten Mal, seit sie aus Nichts aufgebrochen ist, gabelt sich der Weg. Ein kleiner Pfad führt zu ihrer Linken dichter ins Blattwerk. Für Emma ist es keine Frage, in welche Richtung es sie zieht.

Und so führt sie der verschlungene Pfad mal auf, mal ab, mal rechts, mal links durch das Geäst. Schließlich endet er abrupt, direkt vor einer kleinen Hütte. Zumindest lassen die Tür und die Fenster darauf schließen. Der Rest sieht vielmehr wie ein überdimensional großer Hut aus.

Aus dem Schornstein steigt Qualm empor und ein köstlicher Duft schleicht sich in Emmas Nase. Ihr Magen reagiert mit einem sehnsüchtigen Knurren. Da nähert sie sich der Tür und klopft zaghaft gegen das Holz.

Nach einer kurzen Stille kann sie Schritte im Inneren hören, die sich auf sie zubewegen. Dann öffnet sich die Tür und Emma schaut verdutzt ins Leere.

»Hier unten«, macht sich das kleine Kerlchen bemerkbar, das zu ihren Füßen steht und keinen Meter misst. Es trägt ein bunt gestreiftes Hemd und auf seinem Kopf thront ein schwarz-weiß karierter Hut.

»Hallo«, begrüßt Emma ihn fröhlich.

Das Männchen mustert kritisch ihren nackten Körper von oben bis unten.

»Hallo«, sagt es dann mit skeptischem Unterton.

In dem betretenen Schweigen der beiden ergreift Emmas Magen erneut das Wort und dem Männchen huscht daraufhin ein unschlüssiges Lächeln übers Gesicht.

Es tritt widerwillig zur Seite.

»Komm herein.«

Verunsichert folgt sie ihm ins Innere.

Das Männchen deutet auf den kleinen Holztisch in der Mitte des Raumes. Mit akrobatischem Geschick nimmt Emma auf einem der winzigen Schemel, die um den Tisch herumstehen, Platz. Schweigend tänzelt das Männchen mit einer Schale zum Kamin. Es schöpft eine Kelle des Eintopfes, der dort vor sich hin köchelt und stellt Emma die Schüssel vor die hungrige Nase. Gierig beginnt diese den Inhalt herunterzuschlingen. Das Männchen beobachtet sie dabei mit hochgezogener Augenbraue.

Nachdem sie auch den letzten Rest aus der Schüssel mit Zungeneinsatz entfernt hat, streckt sie sich gemächlich. Das hat gut getan!

»Was tust du hier?«, fragt das Kerlchen und kneift dabei misstrauisch die Augen zusammen.

»Ich suche«, antwortet Emma wahrheitsgemäß.

Verständnislos macht das Männchen eine wegwerfende Handbewegung.

»Ich bin Emma.«

»Ich bin der Hutmacher.«

Das scheint ihn an etwas zu erinnern: »Ich sollte vermutlich einen anderen anziehen!«

Eilig flitzt er durch den Raum. Erst jetzt registriert Emma die Regale, die jeden Zentimeter der Wände bedecken. Sie sind vollgestopft mit Hüten in allen erdenklichen Farben und Formen. Staunend lässt sie ihren Blick über die Hutvielfalt wandern, während das Männchen eine Leiter erklimmt, um an eines der oberen Regale zu gelangen. Den karierten legt er zurück, zieht stattdessen einen roten, samt-überzogenen Hut mit weicher Schleppe hervor und setzt ihn auf.

Emma muss kichern bei dem Anblick, den er jetzt bietet. Auch der Hutmacher lächelt und während er von der Leiter heruntersteigt, bemerkt sie eine grundlegende Veränderung in seiner Ausstrahlung. Sie weiß nicht genau, was es ist, aber sie fühlt sich plötzlich bedeutend wohler als gerade eben noch.

»Schön, dass du hier bist«, sagt er mit weicher Stimme und legt ihr im Vorbeigehen sein kleines Händchen auf das nackte Knie. Energie strahlt zu ihr herüber - Die war ihr eben gar nicht aufgefallen!

»Danke für das Essen«, murmelt sie verlegen.

»Keine falsche Scheu, meine Liebe! Komm, ich mach uns erst mal ein Tässchen Tee.«

Dann beginnt er in der kleinen Küche herumzuwerkeln. Emma ist verdutzt. Alles an ihm wirkt plötzlich verändert - tatsächlich sogar vollkommen verändert.

Von leisem Klirren begleitet, stellt er das Teetablett vor ihr ab. Mit mütterlichem Blick bemerkt er: »Ich hoffe, du magst Waldfrüchte.«

Unwillkürlich läuft ihr ein Schauer über den Rücken.

»Du fragst dich, was passiert ist, nicht wahr?«

Emma nickt und greift dabei nach ihrem Tässchen. Irgendwie ist ihr danach, etwas in der Hand zu halten.

»Es sind die Hüte«, ist seine knappe Erklärung.

Nach einer Stille, in der Emma begreift, dass keine weitere Ausführung folgt, kommentiert sie trocken: »Die Hüte also ...«

Der Hutmacher grinst breit. Dann schaut er sie wieder mit diesem verständnisvollen Blick an und führt aus: »Es kommt darauf an, welchen ich trage. Als du an meine Tür geklopft hast, hatte ich den Kritik-Hut an. Jetzt trage ich den Liebe-Hut. Meine Hüte verändern alles!«

Stolz schwingt in seiner Stimme mit.

»Komm, ich zeig es dir!«

Er springt von seinem Schemel auf, steht dann einen Moment nachdenklich vor seinen Regalen, bis ihn schließlich ein Geistesblitz zu überkommen scheint. Zielstrebig zieht er einen kleinen, runden Hut aus einem der untersten Regalbretter hervor. Er versucht ihn auf Emmas Kopf zu platzieren, stellt aber fest, dass es ihm dafür an Körpergröße mangelt.

»Hier«, streckt er ihr den Hut etwas resigniert entgegen. Dieser passt gerade so in Emmas ausgestreckte Handfläche. Skeptisch mustert sie ihn, ohne zu wissen, was sie von der ganzen Situation halten soll.

»*Mach das nicht!*«

Langsam hebt sie ihre Hand mit dem winzigen Hut

und legt ihn dann sachte auf ihrem Kopf ab.

Öhhhh. Ähhhhh. Hääää?

Emma versteht nicht. Ihr Gesicht ist anders. Nein, alles ist anders. Der Hutmacher fängt lauthals an zu lachen - warum auch immer.

Emma lacht halbherzig mit.

Ihr Lachen klingt komisch schal.

Häää? Sabber läuft ihr übers Kinn.

Der Hutmacher kriegt sich kaum noch ein vor Lachen.

Sie versucht erneut mit einzustimmen. Dieses Mal ertönt ein lautes Grunzen. Noch mehr Sabber. Ein Tropfen erwischt ihre rechte Brust.

»Das ist der Dumm-Hut!«, prustet der Hutmacher.

Emma versteht nicht.

Glucksend tönt er: »Nimm ihn besser ab!«

Ihn? Ja? Häää?

Es dauert eine Weile bis sie es schafft den Hut auf ihrem Kopf zu erwischen und herunterzuziehen. Doch just im selben Moment erlangt sie wieder Zugriff auf all ihre Gehirnwindungen. Unschlüssig blickt sie den Hutmacher an, der nun kurz in seinem Gelächter innehält. Emma kann sich nicht entscheiden, ob sie sauer sein soll oder nicht.

»Der Dumm-Hut«, prustet sie entschieden los und der Hutmacher gleich wieder mit.

Als sich die beiden wieder beruhigt haben, springt er erneut auf und durchsucht seine Regale. Den Liebe-Hut legt er zurück und zieht stattdessen einen gläsernen Hut hervor. Andächtig platziert er ihn auf seinem Kopf. Sofort verändern sich wieder seine Gesichtszüge. Sie wirken jetzt irgendwie älter und seine Augen klarer, intellektueller, ja sogar ein bisschen erhabener.

»Welcher Hut ist das?«, fragt Emma neugierig.

»Dies ist der Weisheit-Hut«, erklärt er und seine Stimme klingt dabei rauchig, sich selbst liebend, »Ich möchte ihn gebrauchen, um dir etwas für deine Suche mitzugeben.«

Dieses Mal schreitet er zielstrebig auf eines der Regale zu und hält bei seiner Rückkehr einen schwarzen Schleierhut in Händen.

»Bevor ich meine Weisheit mit dir teile, möchte ich dich zwei Hüte erleben lassen«, instruiert er und hält ihr den schwarzen Hut hin. Beim Aufsetzen legt sich dessen Schleier über Emmas Gesicht.

Von einer Sekunde auf die andere schwindet jegliche Energie aus ihrem Körper. Sie hat das Gefühl, als hätte sich der schwarze Schleier nicht nur über ihr Gesicht, sondern über ihr gesamtes Gemüt gelegt. Eine tiefe Traurigkeit und Resignation beherrschen nun ihre Gefühls- und Gedankenwelt. Ihre Reise erscheint ihr plötzlich schrecklich aussichtslos. Wie hatte sie nur glauben können, dass es eine Möglichkeit gibt, sich zu verbinden? Und was macht sie hier überhaupt bei diesem Hutmacher? Sie kennt ihn doch gar nicht. Etwas beibringen kann er ihr sicherlich nicht! Dieses kleine, skurrile Männchen mit den seltsamen Hüten.

Insgesamt scheint ihr diese Welt auf einmal eine sehr grausame zu sein. Die hageren Einwohner von Nichts tauchen vor ihrem inneren Auge auf. Wie schrecklich eine Welt doch ist, in der es Alles und Nichts gibt. In der sie Jemand allein und mit nichts zurückgelassen hat.

»Oh ja, du spürst es! Versuche auch in die Zukunft zu sehen, Emma.«

In die Zukunft? Wohin soll ihre Reise denn bitte führen? Sie wird wahrscheinlich noch mehr schreckliche Erfahrungen machen. Noch öfter verlassen werden und noch mehr Leid sehen - in dieser Welt, die so schlecht und ungerecht ist. Sie sollte besser nach Sichtbar zurückkehren!

Emma blickt an sich herunter. Knochig sieht sie aus. Zu dürr für ihre Größe. Und ihre Brüste hängen viel weiter unten, als sie es je in einer Zeitschrift gesehen hat. Sie fühlt sich hässlich und plötzlich schämt sie sich ihrer Nacktheit.

»Sehr gut. Das sollte genügen«, murmelt der Hutmacher, als könne er in ihren Gesichtszügen lesen, »Zieh den Hut jetzt besser aus. Sonst fängt er dich ein!«

Emma schaut ihn traurig an. Eigentlich ist ihr nicht danach, seinen Anweisungen zu folgen.

Warum auch?

Nur ein kleiner Funke von etwas, bringt sie dazu, den Hut abzuziehen. Der Schleier lichtet sich, ihre Gedanken klaren auf und die Energie kehrt in ihren Körper zurück. Der Hutmacher gibt ihr etwas Zeit, um wieder in sich anzukommen, dann leitet er ein: »Jetzt möchte ich dir sein Gegenstück zeigen!«

Er zieht einen Hut aus dem Regal hervor, der von wunderschönen Mustern in allen nur erdenklichen Farbtönen überzogen ist und reicht ihn ihr. Nach einer kurzen Bewunderung setzt sie ihn auf.

Schlagartig verändert sich wieder alles. Die Farben um sie herum gewinnen an Leuchtkraft und Intensität. Auch der Hutmacher wirkt plötzlich greller, strahlender - ja sogar schöner. Diese Schönheit hatte Emma bislang nicht zur Kenntnis genommen.

Staunend blickt sie sich um. Die Farbenpracht der vielen Hüte verschlägt ihr nahezu den Atem. Wie wohlig plötzlich alles wirkt. Der Hutmacher hat sich hier wirklich ein wunderbares Plätzchen geschaffen und sie freut sich, dass sie her gefunden hat. Ihre Reise hat sie schon jetzt mit so vielen Erlebnissen und Begegnungen beschenkt. Der wunderbare Jemand, die Bewohner von Nichts ... Die Energie pulsiert nur so in ihr und Freude erfüllt jede erdenkliche Maßeinheit ihrer selbst.

»Sehr gut«, kommentiert der Hutmacher, »blicke auch dieses Mal in die Zukunft.«

Emma tut, wie ihr geheißen. Sie vertraut dem Hutmacher und ist sich sicher, dass er ein weiteres Geschenk ist.

Oh, sie ahnt, dass sie noch viel finden wird auf ihrer Suche. Unbekannte Abenteuer erleben, interessanten Wesen begegnen und wichtige Erfahrungen machen wird. Ja sie ist sich sogar sicher, dass sie etwas bewegen kann in dieser Welt.

Und dann ist sich Emma auf einmal einer weiteren Sache vollkommen sicher: Sie wird finden. Sie wird verbunden sein! Dass sie ihr Weg genau dort hinführen wird, weiß sie plötzlich mit einer unerschütterlichen Gewissheit.

Der Hutmacher beobachtet sie mit einem wissenden Lächeln. Er lässt sie den Hut noch eine Weile genießen und ihren Gedanken und Gefühlen nachhängen. Dann weist er sie abermals an, ihn wieder abzunehmen. Vertrauensvoll leistet sie Folge, während er erklärt: »Es ist wichtig, dass du keinen Hut trägst, wenn wir über deine Erfahrungen und deren Bedeutung sprechen. Dein Verstand muss klar und unvoreingenommen sein, um zu begreifen, was mit dir geschehen ist.«

Ohne den Hut fühlt sich Emma irgendwie ernüchtert. Allzu gerne würde sie ihn wieder aufsetzen. Der Hutmacher deutet ihren sehnsüchtigen Blick richtig: »Ja. Er hat eine große Anziehungskraft. Nachdem ich ihn erschuf, habe ich ihn viele Jahre lang getragen. So intensiv, wie du es soeben erlebt hast, ist es nur zu Beginn. Insbesondere wenn man zuvor sein Gegenstück getragen hat.«

Er blickt sie eindringlich an: »Emma, ich möchte, dass du dich nun im klaren Kopf noch einmal an die Wirkung der beiden Hüte erinnerst. Was liegt ihrem Kern zugrunde?«

Ihren verwirrten Blick registrierend, formuliert er seine Frage um: »Was haben sie gemeinsam?«

»Na überhaupt nichts!«, folgt ihre Antwort wie aus der Pistole geschossen.

»Aha. Und genau hier liegt der Denkfehler. Du hast natürlich recht damit, dass sich der eine Hut, der übrigens der Negativ-Hut ist, emotional sowie mental gravierend von dem Positiv-Hut unterscheidet«, er beginnt vor Emma auf und ab zu laufen, während er fortfährt, »Doch gilt es hinter diese Fassade zu blicken, in die Essenz der Wirkung. Und wenn du dies tust, aus einer objektiveren Perspektive heraus, so wirst du erkennen, dass die Essenz beider Hüte ein und dieselbe ist. Mit dem einzigen Unterschied, dass sich die eine Wirkung bedeutend besser anfühlt, als die andere. Sie sind zwei Seiten desselben Kerns.«

Der Hutmacher genießt sichtlich seinen Monolog (was Emma nicht von sich behaupten kann).

»Sie sind eins und sie sind in dir, so wie sie in jedem Wesen existieren. Mal tragen wir den einen, mal den anderen und manche gar immer nur den einen oder anderen Hut. Verstehen musst du dabei nur, dass du selbst beeinflussen kannst, welchen du trägst. Du kannst letztlich lernen sie zu tragen, ganz ohne sie aufzusetzen.«

Er endet und lässt sich wieder auf seinem Schemel nieder. Seine Gesichtszüge strahlen dabei eine gewisse Befriedigung aus.

»Ich kann mich also entscheiden den Positiv-Hut zu tragen, ohne ihn wirklich zu tragen?«, fasst Emma den einzig greifbaren Gedanken in ihr zusammen.

»Ganz genau! Meine Hüte zeigen dir nur die Pole, sie zeigen nicht den Prozess - sie zeigen dir, was möglich ist. So kannst du eine Zielvorstellung und ein Verständnis für die Gleichzeitigkeit der Dinge entwickeln. Denn nur durch ihre Gegensätze, können wir Dinge wirklich erfassen und begreifen. Nur so können wir uns bewusst werden und ein Gefühl für die eigentliche Einheit erhalten.«

Nach einem Blick in ihr verwirrtes Gesicht fügt er hinzu: »Also ich zumindest ...«

Ungeachtet der Überheblichkeit denkt Emma nach und setzt dann an: »Hmm ... Wie kann ich mich denn in Richtung des Positiv-Hutes entwickeln?«

»In dem du hinsiehst. Denn alles ist zu jedem Zeitpunkt vorhanden - Positiv wie Negativ, Licht wie Schatten, Gut wie Böse, Liebe wie Angst. Die Frage ist nur, wie und was du betrachtest, wonach du Ausschau hältst und was du suchst. Denn im Fokus steckt Magie und enormes Potential. Niemand zwingt dich dazu, ihn so zu belassen, wie er ist.«

Emma fühlt für einen Augenblick das Niemand Sein.

Und dann ... trifft sie eine behütende Entscheidung.

6. KAPITEL

in dem Emma etwas Ursprüngliches sieht

Der Hutmacher und Emma hatten noch einen herrlichen Abend. Zumindest nachdem dieser endlich den Weisheit-Hut abgelegt hat und sich die beiden einen Scherz daraus gemacht haben, die verschiedensten Hüte anzuprobieren. Besonders gefallen hat Emma der Humor-Hut, der Gewinner-Hut (mit dem sie den Hutmacher im Schach binnen einer Minute geschlagen hat) und ihr geheimer Favorit: der Ekstase-Hut. Bei Letzterem war sie zwar nicht mehr wirklich präsent, dafür aber eine äußerst glückselige Variante ihrer selbst.

Nach einigen wenigen Stunden Schlaf erwacht Emma nun. Die ersten Sonnenstrahlen scheinen in ihr Gesicht und Tatendrang erfasst sie. Sie weiß, dass es Zeit ist zu gehen - Zeit Abschied zu nehmen.

Während des gemeinsamen Frühstücks schaut der Hutmacher immer wieder traurig zu ihr auf. Er trägt keinen Hut und sein krauses, rotes Haar steht kreuz und quer von seinem Kopf ab. Er hat sie wirklich lieb gewonnen. Das kann sie in seinem Blick sehen. Nein, sie kann es mit ihrem Herzen sehen.

»Ich hab noch was für dich«, sagt er mit belegter Stimme und reicht ihr etwas Buntes, »Ich habe es dir genäht, als du geschlafen hast.«

Emma betrachtet das Kleid, das dieselben bunten Streifen trägt wie das Hemd des Hutmachers.

»Es steckt ein bisschen Positiv darin. Lange nicht so wirkungsvoll wie die Hüte, aber für mehr hat die Zeit einfach nicht gereicht«, erklärt er. Kleine Tränen glitzern in seinen Augenwinkeln. Da werden auch Emmas Augen feucht. Genau das ist der Grund, warum sie keine Abschiede mag!

»Bleib hier! Geh nicht!«

»Und noch etwas«, er zieht ein winziges Hütchen aus seiner Tasche. Es ist gerade mal so groß wie ein Fingerhut. Emma hält ihn sich dicht vors Gesicht und betrachtet die kleinen Fußabdrücke, mit denen er gesprenkelt ist.

»Er wirkt nur ein einziges Mal. Es ist der Schritt-Zurück-Hut. Benutze ihn weise und nur zum richtigen Zeitpunkt. Eben dann, wenn es unerlässlich ist, dass du einen Schritt zurückmachst. Versprichst du mir das?«, seine Stimme bricht und er zieht lautstark die Nase hoch.

Emma nickt berührt. Dann zieht sie ihr neues Kleid an, steckt den winzigen Hut in eine der Kleidtaschen und kniet sich vor den Hutmacher auf den Boden.

»Komm her«, haucht sie und breitet ihre Arme aus.

Die beiden versinken in einer langen, liebevollen Umarmung, die mehr sagt als jedes weitere Wort es hätte tun können.

Es dauert ein paar Stunden bis der Abschiedsschmerz langsam nachlässt. Zum Glück weiß Emma mittlerweile, dass jeder Abschied der Beginn von etwas Neuem ist.

Das bunte Kleid vom Hutmacher passt ihr wie angegossen. Eigentlich trägt sie keine Kleider, aber genau genommen weiß sie überhaupt nicht mehr, wer sie wirklich ist, was sie mag und was nicht. Vielmehr hat sie das Gefühl, auf der Suche nach den entsprechenden Antworten zu sein (oder sie gar anzuziehen?!).

Da dringt plötzlich ein Plätschern durchs Dickicht in Emmas Ohr. Am Wasser hat sie sich schon immer wohlgefühlt. Leider gibt es in Sichtbar nur einen einzigen See und der ist angelegt, so wie eigentlich alles dort.

Neugierig verlässt Emma den Weg und folgt ihrem Gehör. Schließlich erreicht sie einen kleinen Bach, der sich durch die Natur schlängelt. Eine Weile steht sie einfach nur da, lauscht seinen Klängen und versucht jedes Detail in sich aufzunehmen.

Als sie die Augen schließt, um sich noch bewusster ihrem Hörvermögen zu widmen, vernimmt sie einen leisen Wortfetzen zwischen dem Geplätscher des Baches. Konzentriert nimmt sie abermals ein Wörtchen wahr und kann dabei die Richtung ausmachen, aus der es kommt.

Die Augen lässt sie geschlossen, während sie sich Schritt für Schritt nähert. Immer lauter, nahezu greifbar werden die Worte, bis sie schließlich direkt vor ihr abrupt aufhören. Noch ein paar Schritte macht sie in die Stille hinein, ehe sie langsam die Augen öffnet.

Das Szenario, das sich nun vor ihr auftut, löst gelinde gesagt ein Gefühl der Überraschung in ihr aus: Ein paar Meter vor ihr steht ein billiger Plastiktisch. An ihm sitzen drei Gestalten, die sie überrascht beäugen. Emma mustert einen nach dem anderen.

Links von ihr sitzt ein Mann mit hängenden Schultern. Seine Augen sind gerötet, als hätte er erst kürzlich geweint (und offenbar nicht zu knapp). Direkt neben ihm sitzt eine Frau, deren Körper vollkommen angespannt wirkt. Ihr Blick ist einschüchternd und herrisch. Rechts am Tisch sitzt schließlich ein Kind, das mit weit aufgerissenen Augen und stecknadelgroßen Pupillen zu ihr herüberstarrt.

»Hallo«, grüßt Emma etwas verlegen in die Runde.

Die Frau fixiert sie mit brennendem Blick, deutet dann auf einen der leeren Stühle und befiehlt: »Setz dich!«

Emma tut, wie ihr geheißen und eine Portion Energie huscht von ihr in die Frau hinein.

»Ich bin Emma.«

Der Mann mit den roten Augen meldet sich mit brüchiger Stimme zu Wort: »Ich bin Trauer.«

»Und ich Angst«, haucht das Kind, während es nervös an seinen Händen herumspielt.

»Wut«, schreit die Frau.

Emma kneift sich unter dem Tisch in den Oberschenkel. Der daraus resultierende Schmerz lässt erahnen, dass sie tatsächlich wach ist - sicher ist sie sich dessen jedoch nicht.

Das Ganze muss sie erstmal verdauen. In dafür angemessener Weise schaut sie betreten zu Boden und überprüft ein weiteres Mal ihr Schmerzempfinden (nur um ganz sicherzugehen).

»Lasst uns trinken«, sagt Trauer nun andächtig mit belegter Stimme. Seine Augen sind feucht, während er in einer Tasche herumkramt. Schließlich stellt er eine Reihe Schnapsgläser und eine Flasche, deren Etikett Emma nicht sehen kann, auf den Tisch.

»Ich weiß nicht, ob das eine gute Idee ist«, bemerkt Angst und beäugt mit Schweißperlen auf der Stirn die Flasche.

»Halt's Maul!«, schreit Wut das Kind an, das augenblicklich zusammenzuckt und seinen Blick zu Boden richtet.

Wenn Emma ehrlich ist, scheint Alkohol für sie just in diesem Moment eine ganz wunderbare Idee zu sein. Trauer öffnet die Flasche und befüllt die Gläschen. Als er

Angst dann dessen Glas hinüberschiebt, rollt ihm eine Träne über die Wange. Emma hätte am liebsten etwas gesagt, doch Wuts vernichtender Blick hält sie davon ab. Stattdessen nimmt sie also dankend ihren Schnaps entgegen und kippt ihn ohne auf die anderen zu warten herunter.

»Also Emma, was treibt dich hierher?«, beginnt Trauer. Seine Stimme klingt dabei so fragil, als könne sie jeden Moment in sich kollabieren. Die vorherrschende Emotionalität macht Emma irgendwie zu schaffen.

Auffordernd reicht sie ihm erneut ihr Glas (Das hier möchte sie nur ungern nüchtern ertragen). Er schenkt ihr ein und bedenkt sie mit diesem hilflosen Blick, der tief verdrängte Erinnerungen in ihr wachruft. Schnell kippt sie den Kurzen runter, ehe sie antwortet: »Ich suche!«

Angsts Augen weiten sich, während es flüstert: »Also DAS würde ich mich niemals trauen!«

Trauer befüllt die Gläser erneut, bevor er äußert: »Das würde ich sein lassen. Es wird dich nur zerstören.«

Dabei glänzen seine Augen so, dass Emma Sorge hat, er könne jeden Moment in Tränen ausbrechen.

»Gott, kotzt ihr mich an!«, brüllt Wut genervt, reißt Trauer die Flasche aus der Hand und nimmt ein paar große Schlucke. Emma beneidet sie darum, traut sich aber nicht, ihr die Flasche zu entwenden. Stattdessen schnappt sie sich ihr Glas, leert es und streckt es Wut dann direkt unter die Nase. Diese funkelt sie mit diesem Blick an, der einem die Eingeweide zusammen ziehen lässt, gießt ihr dann aber verächtlich schnaubend ein.

Ratzfatz ist auch dieser in Emma verschwunden und so langsam beginnt sich ihre Anspannung zu lösen.

»Hör auf zu trinken! Du weißt nicht mal, was das ist!«

»Warum seid ihr eigentlich hier?«, fragt Emma, während sich alkoholische Wärme in ihrem Brustkorb ausbreitet. Angst linst kurz zu ihr auf, neigt den Blick dann aber schnell wieder zu Boden.

»Das geht dich nichts an!«, ranzt Wut.

Trauer nimmt noch einen Schluck, dann bricht es aus ihm heraus. Lautes Schluchzen überkommt ihn und erst als er seine Fassung langsam wiedergewinnt, ist er fähig zu antworten: »Wir wollen uns verstehen.«

Wut fixiert ihn mit vorwurfsvollem Blick und schnauzt dann mit angespannter Armmuskulatur in Emmas Richtung: »Guck nicht so doof!«

Mit gesenktem Blick hält diese ihr nun das leere Glas entgegen. Wut scheint diese Form der Unterwerfung zuzusagen - zumindest befüllt sie Emmas Glas erneut.

»Und wie seid ihr zu verstehen?«

Dem Kind rinnen Schweißperlen über die Stirn, während es mit zittrigem Stimmchen antwortet: »Wir werden das Kernserum nehmen.«

Stille.

Man könnte eine Stecknadel zu Boden fallen hören, wenn nicht das Rauschen des Baches wäre und man so eine Stecknadel auf dem Waldboden vermutlich ohnehin niemals fallen hören könnte.

»Das Kernserum?«, wiederholt Emma mit leichtem Lallen und lässt sich ihr Glas abermals befüllen.

Erschöpft erklärt Trauer: »Es verwandelt uns in unseren Ursprung.«

Und da verändert sich plötzlich sein Erscheinungsbild. Er schrumpft in sich zusammen und nimmt die Gestalt eines Kindes an.

»Ich weiß nicht, ob das wirklich eine gute Idee ist«, haucht es ängstlich.

»Jetzt reicht es aber!«, brüllt Wut, »Wir haben uns dazu

entschlossen und ziehen das auch durch!«

Die beiden Kinder zucken zusammen, während Wut sich ebenfalls verwandelt und schließlich mit verheulten Augen hinzufügt: »Sonst werden wir vielleicht niemals erfahren, was wir wirklich sind.«

Emma vermutet, dass sie vielleicht ein oder zwei Schnäpse zu viel getrunken hat.

Und da verwandelt sich auch Angst. Es wächst, während seine Gesichtszüge immer angespannter wirken. Dann brüllt sie: »Ihr seid solche Waschlappen. Wir nehmen es jetzt!«

Sie reißt die Tasche empor und mit einem bösartigen Grinsen auf den Lippen, zieht sie ein kleines Fläschchen hervor, das grünlich in der Sonne schimmert.

Vorsichtig greift Emma nach dem Alkohol und schenkt sich noch einmal ein. Wut verteilt derweil das Serum in die drei übrigen Gläser.

»Los jetzt!«, hallt das Kommando über die Lichtung.

Beinahe zeitgleich kippen die Drei das Serum und Emma einen weiteren Kurzen hinunter. Es folgt eine Verwandlung nach der weder Angst, noch Wut oder Trauer zurückbleiben. Stattdessen sitzt nun eine hagere Gestalt mit schmerzverzerrtem Gesicht dort. Ihre Kleidung ist blutdurchtränkt, die Augen dunkel in ihre Höhlen gesunken. Doch das Schlimmste an ihrem Erscheinungsbild liegt in ihren Augen. Sie spiegeln das tiefste Leid wider, das Emma je in einem Augenblick gesehen hat. Und als wäre das nicht schon genug, sieht sie nicht nur eine Version dieser Gestalt, sondern gleich drei davon vor sich sitzen.

»Wea saed ühr?«, lallt sie.

»Ich bin der Schmerz«, ertönt die Antwort im Chor, mit einer Schwere, die Emma innerlich erdrückt.

Das ist zu viel!

Beinahe klanglos kippt sie von ihrem Stuhl ins Grün und versinkt in einem komatösen Schlaf.

7. KAPITEL

in dem Emma etwas von ihrem Kater lernt

Emmas Kopf dröhnt und ihr ist speiübel. Ruckartig setzt sie sich auf und verabschiedet ihren Mageninhalt ins Gras. Eine Weile brauchen ihre Augen, um sich an die Mittagssonne zu gewöhnen. Alles dreht sich und es pocht schrecklich unter ihren Schläfen.

Sie blickt sich um und registriert, dass sie alleine ist. Der Tisch, aber vor allem auch Wut, Angst und Trauer sind verschwunden. Nur sie, der Bach und ihr lähmender Kater sind geblieben.

Ob das hier wohl so eine der besonderen Situationen ist, von denen der Hutmacher gesprochen hat?

Ein Schritt-Zurück-Moment?

Vermutlich nicht. Lust hätte sie aber schon.

Moment mal. Emma reibt sich ungläubig die Augen. Da vor ihr im Gras sitzt tatsächlich ein dicker grauer Kater, der sich gerade an ihrem Erbrochenem zu schaffen macht.

»Dein Ernst?«, fragt sie.

»Nein, dein Kater«, schnurrt er und isst weiter.

Langsam aber sicher beschleicht Emma das Gefühl, dass die Welt ein verdammt seltsamer Ort ist.

Sie richtet sich auf und versucht halbherzig ihr Kleid zu glätten. Ganz schön schwindelig ist ihr. Eine Aspirin wäre jetzt gut. Oder ein Bett. Oder beides.

Noch einmal dreht sie sich zu ihrem Kater um, entscheidet dann aber, ihm keine Bedeutung beizumessen und stattdessen weiterzuziehen. Das leise Trippeln hinter sich versucht sie dabei einfach zu ignorieren.

Dem Bachverlauf folgend schlendern die beiden so vor sich hin. Wenigstens redet das Vieh nicht mit ihr. Für ein Gespräch mit ihrem Kater ist sie gerade definitiv nicht zu haben!

Da tönt dieser plötzlich, als hätte er ihre Gedanken gelesen: »Du siehst ganz schön fertig aus!«

»Mhm«, macht Emma, ohne ihn eines Blickes zu würdigen.

»*Halt dir diesen Kater bloß vom Leib!*«

»Und? Hat sich das Trinken wenigstens gelohnt?«, fragt er und beschleunigt dabei seine Schrittchen, sodass er Emma einholt. Genervt blickt sie auf ihn herunter.

»Ne. Auf nen Kater hätte ich echt verzichten können«, scherzt sie zynisch.

Er schnalzt mit der Zunge: »Du glaubst echt, ICH bin dein größtes Problem? Schau mal an dir runter!«

Scheiße. Er hat recht. Sie ist vollkommen energielos! Nicht ein Fünkchen ist übrig geblieben.

»Wie ist das möglich?«

»Zähl bis drei«, schnurrt ihr Kater, während er einem Strauch ausweicht. Die Wirkung von Alkohol auf Energie hatte Emma bislang nicht beobachten können. Hätte sie das mal besser vorher gewusst!

»Fuck«, entfährt es ihr.

»Jap. Du sagst es. Ich könnte mir auch Schöneres vorstellen, als hier mit dir durch die Pampa zu laufen!«

Na großartig.

»Aber das ist nun mal der Lauf der Dinge. Wir Tiere und ihr ... Wir sind verbunden. Dummerweise meist auf eine für uns unangenehme oder gar tödliche Weise.«

Emma würde ihn gerne zum Schweigen bringen und stellt sich ein paar entsprechende Szenarien vor, deren gewalttätiger Inhalt dafür spricht, dass sie sich dringend wieder energetisch aufladen sollte.

Da erinnert sie sich plötzlich an das Fragezeichen und ihr scheint, dass es ein guter Zeitpunkt ist, seine Theorie zu testen.

»Wie komme ich jetzt an Energie?«, spricht Emma ihre Frage also laut aus.

Ihr Kater blickt zu ihr auf.

»Eine gute Frage«, stellt er fest und fährt dann fort, »Also ... um zum eigentlichen Thema zurückzukommen: Weißt du, was euch grundsätzlich von uns Tieren unterscheidet?«

Emma seufzt frustriert und ohne auf eine Antwort zu warten, fährt er fort: »Ihr seid nicht verbunden mit der Natur. Deswegen nutzt ihr sie aus, wodurch kein Austausch besteht. Und mit den Tieren macht ihr es genauso. Auch mit ihnen seid ihr nicht verbunden.«

Dieser Gedanke weckt tatsächlich Emmas Interesse. Und da sie ohnehin gerade nichts Besseres zu tun hat, hakt sie nach: »Wie meinst du das?«

Ihr Kater mustert sie mit einem Blick, der so belustigt aussieht, wie ein Katzenblick eben belustigt aussehen kann.

»Nun, ihr nehmt hauptsächlich. Dabei vergesst ihr das Geben. Aber vor allem scheint ihr nicht zu wissen, dass man erhält, wenn man gibt.«

Emma muss an Lisa denken und lächeln. Da tänzelt ihr Kater leichtfüßig vor sie und zwingt sie damit in ihrer Bewegung innezuhalten.

»Schau mich an!«, insistiert er und zum ersten Mal schaut sie ganz genau hin. In ihm pulsiert Energie. Reichlich Energie, mit einem noch durchdringenderen Charakter als jene von Jemand.

»Warum ist sie so intensiv?«, staunt Emma und kann ihren Blick dabei nicht abwenden. Verschiedene Ströme sind eng miteinander verschlungen und pulsieren im immer gleichen, beruhigenden Rhythmus.

Ihr Kater lächelt, dann antwortet er: »Das liegt an der Verbindung aller Energien. Die der Natur, die der Tiere und die der Wesen.«

»Aber wie kannst du sie in dir vereinen?«

»Na, in dem ICH mich vereine.«

Emma verdreht die Augen.

»Geht das etwas genauer?«

Ihr Kater scheint einen Moment zu überlegen, dann erklärt er: »Du darfst die Welt nicht als getrennt erleben. Wenn du sie als das begreifst, was sie wirklich ist - nämlich ein zusammenhängender Organismus - dann kannst du dich auch mit allem verbinden. Schließlich bist du ein Teil vom Ganzen. Genauso, wie alles ein Teil von dir ist.«

»*Hör nicht auf ihn! Das sind Lügen.*«

Ihr Kater bereitet ihr Kopfschmerzen und es fällt ihr schwer, dem Inhalt seiner Worte zu folgen.

»Okay. Fangen wir im Kleinen an«, beginnt er zu erklären, »Versuche zu fühlen, dass ich ein Teil von dir bin. Das dürfte dir vermutlich leichter fallen, immerhin bin ich ja DEIN Kater.«

Emma setzt sich vor ihn auf den Boden.

»Du bist aber doch außerhalb von mir. Wie soll ich dann fühlen, dass wir zusammen gehören?«, fragt sie nach einer Weile frustriert.

»Na stell dir einfach vor, dass die Welt ein riesiger Körper ist. Ein Körper, dessen Grundenergie erst all seine Lebensfunktionen ermöglicht - genauso wie beim wesentlichen Körper. Jede Zelle trägt ihren Teil bei. Und selbst wenn eine Synapse im Gehirn und eine Zelle des Herzens vielleicht niemals aufeinandertreffen, so sind sie doch ein Teil des ganzen Systems und durch dieselbe Grundenergie verbunden. Sie gehören zusammen. So wie wir zusammen gehören.«

Seine Worte hallen in Emma nach und berühren sie tief. Ihr gefällt die Vorstellung, Teil von einem großen Ganzen zu sein.

Und da, wie sie ihrem Kater so tief in die Augen und damit in den Spiegel seiner Seele blickt, passiert etwas ebenso tief in ihr. Energie bildet sich.

»Lass mich dir helfen«, schnurrt Ihr Kater da und schmiegt seinen Kopf sanft an ihr Bein. Und als Emma nun zaghaft ihre Hand nach ihm ausstreckt und ihn zu streicheln beginnt, bildet sich ein Energiefluss zwischen ihnen. Ein wohliges Gefühl breitet sich in ihr aus und tiefe Zuneigung ergreift sie.

»Du hast dich mit mir verbunden! Leb wohl, Emma«, schnurrt er und sie kann dabei zusehen, wie er sich langsam vor ihr in Luft auflöst. Nur noch ein leichtes Leuchten lässt die Stelle erkennen, an der er eben noch gesessen hat.

8. KAPITEL

in dem Emma ein Danke trinkt und bühnenreif ausspricht

Noch lange denkt sie über ihren Kater und die Bedeutung seiner Worte nach. Auch darüber, wie schnell ihre Frage tatsächlich beantwortet wurde, sobald sie sie laut ausgesprochen hat.

Eine recht ansehnliche Portion Energie pulsiert nun in ihr. Zwar lange nicht so viel, wie bei ihrem Aufbruch aus Nichts oder während ihrem Aufenthalt bei Jemand, aber dafür hat sie dieses Mal einen Teil selbst produziert und das macht sie so besonders.

Mit Emmas Kater sind auch ihre Kopfschmerzen und die Übelkeit verschwunden und nach einer Weile kommt sie an einem Apfelbaum vorbei, an dem sie ihren Hunger stillen kann.

Als die Sonne bereits untergegangen ist, führt sie der Bach in ein Dorf, das um ihn herum errichtet ist. Die Anzahl der Häuser kann sie an zwei Händen abzählen und die meisten von ihnen liegen angrenzend an einem großen Platz, in dessen Mitte ein riesiger Springbrunnen prangt.

Die kleinen Häuschen sehen gemütlich aus und aus den Straßenlaternen leuchtet flackerndes Kerzenlicht. Dieses Leuchten gefällt Emma bedeutend besser als das der Laternen in Sichtbar. Nicht so grell und eben viel wärmer.

Während die Sonne gänzlich am Horizont verschwindet, nimmt sie neben dem Schein der Laternen auch noch ein weiteres Leuchten wahr. Ein wohlig weißer Schimmer umhüllt den Boden, dessen Energiestromnetz ein wunderschönes Muster über den ganzen Platz zeichnet.

Beim genaueren Betrachten erkennt sie, dass die Ströme sich bündeln und in eine bestimmte Richtung fließen. Sie folgt ihnen und kommt schließlich vor einem weiß gestrichenem Häuschen mit grünen Fensterläden zum Stehen. Es scheint das Zentrum der Energiezufuhr zu sein.

Ein Holzschild ist unterhalb des Daches befestigt, auf dem in großen Lettern DANKBAR prangt. Vom Inneren tönt eine fröhliche Gitarrenmelodie und Stimmengewirr zu ihr heraus.

»*Geh da nicht rein!*«

Emma öffnet die Doppeltür vorsichtig und wagt einen ersten Einblick. Die Bar ist hochvoll, Männer und Frauen, ja sogar Kinder tummeln sich in ihr und die Atmosphäre wärmt schon beim bloßen Zusehen ihr Herz.

»Danke! Schön, dass du da bist!«, begrüßt sie eine junge Frau mit herzlichem Lächeln und macht dabei eine einladende Geste ins Innere.

Emma erwidert ihr Lächeln und tritt ein. Staunend saugt sie die Eindrücke in sich auf. An den Wänden hängen bunte Farbenschals, sodass man das Gefühl bekommt, im Zentrum eines Regenbogens zu verweilen. In der Mitte des Raumes befindet sich ein hölzerner Tresen in Sternenform, um den sich alle Besucher scharen. Als Emma näher kommt, sieht sie, dass er über und über mit Kindermalereien bedeckt ist. Sie kann ein dickes Strichmännchen mit Regenschirm ausmachen und einen Wal, der sich auf der Schulter einer Möwe rekelt. Zwei Mädchen machen sich gerade, mit Farbe und Pinsel ausgestattet, an einem weiteren Zacken des Sternes zu schaffen.

Am anderen Ende des Raumes entdeckt Emma eine Bühne, auf der sich eine zierliche Frau mit geschlossenen Augen ihrer Gitarre widmet.

Die Energie, die dieser Ort verströmt, ist außergewöhnlich. Alles scheint viel stärker zu leuchten, denn jedes Wesen (die Großen wie die Kleinen) ist voller Energie und strahlt diese ebenso aus.

Emma quetscht sich zum Tresen vor, schaut auf die Karte und zieht eine Augenbraue hoch. ›Liebe‹, ›Danke‹, ›Freude‹, ›Glück‹, ›Gesundheit‹, ›Freundschaft‹, ›Familie‹ und noch viele weitere Worte stehen dort in geschwungener Schrift geschrieben.

»Entschuldigung?«, spricht Emma den Mann hinter der Theke an, »Welche Getränke sind ohne Alkohol?«

Schallendes Gelächter erklingt, ehe die Antwort folgt: »Danke. Aber hier gibt es überhaupt keine alkoholischen Getränke.«

»Oh. Ja wenn das so ist, dann probiere ich Danke«, bestellt sie.

Er nickt freundlich: »Danke. Kommt sofort!«

Während sie auf ihr Getränk wartet, spricht sie ein älterer Herr an, der neben ihr an der Bar sitzt: »Danke. Du kommst nicht von hier oder?«

Die Falten in seinem Gesicht scheinen ausnahmslos Lachfalten zu sein und Emma findet ihn auf Anhieb sympathisch. Sie deutet auf die vergleichsweise blasse Energie in sich: »Na offensichtlich nicht!«

»Danke. Wenn du bleibst, sieht man es bald schon nicht mehr«, sagt er, mustert sie kurz und fügt dann hinzu, »Du bist eine Suchende. Das sehe ich in deinem Blick.«

Sie nickt bestätigend, während der Barmann das Danke vor ihr platziert. Es ist grün, gelb und orange gestreift und riecht fruchtig. Sie probiert einen Schluck und auch, wenn sie nicht identifizieren kann, woraus es besteht, schmeckt es köstlich.

»Was steckt hinter den anderen Namen?«, fragt sie den älteren Herren.

»Danke. Es steckt nichts dahinter. Es sind nur Worte. Jeder bekommt, was er braucht«, erklärt er schmunzelnd.

Der Alte betrachtet sie eine Weile versonnen und greift dann wieder nach dem vorherigen Faden: »Danke. Ich bin übrigens Karl. Und ich war auch ein Suchender. Zu Suchen ist eine wunderbare Sache - viel wunderbarer meist als das Finden selbst.«

Emma kann sehen, dass ihm dazu noch mehr auf der Seele brennt und so nickt sie ihm aufmunternd zu.

»Danke. Interessant ist, dass wir beim Suchen den Blick auf etwas richten, das wir nicht haben. Und dann machen wir uns auf den Weg es zu finden. Auf der Suche finden wir dann zwangsläufig. Nicht unbedingt das, was wir ursprünglich finden wollten, aber in jedem Falle finden wir!«

Er hält einen Moment inne, ehe er fortfährt: »Danke. Ich bin so glücklich über meine Suche. Denn sie hat mich an dieses Fleckchen hier geführt. Ich habe nach Macht gesucht und obwohl meine Vorstellung davon eine ganz andere war, habe ich etwas viel Wertvolleres gefunden: Die Macht des Dankens!«

Karls Geschichte berührt Emma. Sie kann sich ein bisschen mit ihr identifizieren, immerhin hat sie auch schon einiges gefunden auf ihrer bisherigen Reise.

»Ich bin Emma«, reicht sie ihm nun ihre Hand und ein kräftiger Energiestrom durchfährt sie, als er sie ergreift.

»Danke. Du gibst mir deinen Namen. Das ist ein schönes Geschenk für diesen Abend«, sagt er und wirkt dabei so aufrichtig, dass es sie schon fast ein bisschen verlegen macht.

»Warum sagt ihr immer ›Danke‹ vor jedem Satz?«

»Danke. Wir wissen um die Macht des Dankens. Denn jedes Danke potenziert sich selbst. Suchen ist zwar hilfreich, wenn das Ziel flexibel ist, aber dennoch bleibt es letztlich ein Blick auf den Mangel. Hier in Danken blicken wir auf das, womit wir bereits beschenkt werden. Jedes ›Danke‹ bringt das zum Ausdruck. Denn wir sind dankbar für jedes Wesen, für jede Begegnung, für jede Frage und Antwort, für jeden Moment, in dem wir das Leben auskosten dürfen.«

Emma bekommt eine wohlige Ganzkörpergänsehaut und das Einzige, das ihr zu sagen einfällt, ist: »Danke!«

Da bemerkt sie, dass die Gitarrenmelodie und nach und nach auch alle Gespräche um sie herum verstummen. Die Blicke richten sich zur Bühne und die zierliche Frau eröffnet ins Mikrofon: »Danke. Es ist Zeit für die Open-Danke-Stage. Schön, dass ihr alle da seid!«

Sie gibt die Bühne frei und ein Junge mit blonden Locken nimmt ihren Platz ein.

»Danke für meine Mama«, sagt er mit fester Stimme. Emma folgt seinem Blick zu der Frau, die etwa in ihrem Alter sein muss und ihm gerührt ein Küsschen zuwirft. Nachdem der Junge die Bühne verlässt, ergreift eine junge Frau mit zerschlissenen Jeans das Mikrofon und beginnt zu rezitieren:

»Danke, an mich!

Danke, meine Beine,
dass ihr mich vom Hier in jedes Dort tragt,

Danke, meine Arme,
dass ihr mich in der Haltlosigkeit haltet,

Danke, mein Rückgrat,
dass du mir meine innere Haltung spiegelst,

Danke, mein Kopf,
dass du mich erschaffen lässt,

Danke, meine Lungen,
dass ihr mich das lebendige Nehmen und Geben lehrt,

Danke, mein Herz,
dass du mich mehr sehen lässt, als es meine Augen je
könnten.

Danke, an mich!«

Es ist mucksmäuschenstill in der Dankbar. Einige ergriffene Momente vergehen, bevor die Ersten zu klatschen beginnen. Nach und nach schwillt der Applaus an und von allen Seiten ertönt mal laut, mal leise »Danke«. Die junge Frau wird rot, verbeugt sich kaum merklich und verlässt die Bühne. Ihre Worte haben Emma tief berührt.

Mit der Zeit treten nun die unterschiedlichsten Männer, Frauen und Kinder auf die Bühne. Manche sagen nur einen Satz, andere singen ein kurzes Lied oder tragen ein Gedicht vor. Und mit jedem Dankredner, den Emma beobachtet, füllt sich auch ihr Herz mit einer tiefen Dankbarkeit.

Einem plötzlichen Impuls folgend bahnt sie sich nun selbst einen Weg zur Bühne und reiht sich in der Schlange der Sprecher ein. Nervös und auf ihren Fingernägeln herumkauend wartet sie, bis sie an der Reihe ist. Von der Bühne aus blickt sie auf unzählige, leuchtende Augenpaare, während ihr Herz ein rasantes Tempo annimmt.

»Danke für meine Suche und danke, dass sie mich hierher geführt hat. Ich danke euch allen!«, sagt sie mit belegter Stimme und verlässt die Bühne noch bevor der Applaus einsetzt. Ein paar der Umstehenden legen ihr bestärkend die Hände auf die Schulter, während sie an ihnen vorbei geht.

Wieder an ihrem Platz angekommen, ergreift Karl ihre Hand und sagt: »Danke. Ich glaube, du verstehst es langsam oder?«

Emma nickt lächelnd. Dabei spürt sie, dass die Energie mittlerweile jeden Teil ihres Körpers durchfließt und sie bekommt eine Ahnung davon, wie viel Macht tatsächlich im Danken steckt.

9. KAPITEL

in dem Emma die Welt sieht

Zwei weitere Tage lässt sie sich in Danken nieder und von den abendlichen Versammlungen mitreißen. Im Gegensatz zu ihrer Zeit im Nichts ist sie hier nur erfüllt von Freude, ganz ohne den Schatten der Ungerechtigkeit. Und weil sie weiß, was sie weiß, begrenzt sie ihren Aufenthalt dieses Mal. Denn obwohl Karl sehr glücklich damit wirkt, möchte sie nicht, dass auch ihre Suche hier endet.

»Wie kannst du nur so einen wunderbaren Ort verlassen wollen?«

Tief in sich spürt Emma, dass es wichtig für sie ist, aufzubrechen. Sie ahnt, dass es da draußen etwas gibt, das von ihr gefunden werden muss.

Nachdem sie sich also an ihrem letzten Abend noch einmal herzlich auf der Bühne bedankt hat, setzt sie ihre Reise fort und da er ihr bislang gute Dienste erwiesen hat, folgt sie abermals dem Bachverlauf, gespannt darauf, wohin er sie als Nächstes führen wird.

Die pulsierende Energie in ihr lässt sie leichtfüßig über den Boden gleiten - nahezu von ihr getragen. Alles fühlt sich einfach und frei an. Jeder Atemzug wie der Flügelschlag eines Schmetterlings.

Umringt von atemberaubend schöner Natur genießt sie in vollen Zügen und fasst einige GeDanken, die sie zum Schmunzeln bringen. Gegen Mittag macht sie Rast. Karl hat ihr den Rucksack zum Abschied geschenkt, den er selbst als Suchender bei sich hatte - nicht ohne ihn vorher mit reichlich Proviant zu befüllen.

Amüsiert stellt Emma fest, dass sie mehr und mehr erhält, obwohl sie mit buchstäblich nichts gestartet ist. Und das ganz von alleine, ohne dass sie jemandem etwas dafür hatte wegnehmen müssen.

Bereits am Nachmittag (zumindest glaubt sie, dass es nachmittags ist) tritt sie auf ein riesiges, kahles Feld. Das Gras unter ihren Füßen sieht verbrannt und irgendwie tot aus, nur direkt am Ufer des Baches schimmert es noch grünlich. So weit das Auge reicht, sind keine Bäume oder Pflanzen und ebenso keine Energieströme zu erkennen.

Nachdem der Bachverlauf eine Linkskurve macht und sich das Feld nunmehr rechts von ihm erstreckt, lässt Emma ihren Blick über den Horizont schweifen. Da entdeckt sie etwas. Dort, in einiger Entfernung ragt etwas Eckiges, Schwarzes empor.

Lieber wäre sie dem Bach weiter gefolgt, doch ihre Neugierde überwiegt und so beginnt sie auf dieses eckige Etwas zuzugehen, das mit jedem ihrer Schritte an Größe gewinnt. Wie ein gigantischer, schwarzer Bauklotz türmt sich dieses Monstrum vor ihr auf und lässt die ganze Szenerie noch trister wirken als ohnehin schon.

Blinkende Schilder in Pfeilform sind rings um den Koloss herum angebracht und deuten alle in dieselbe Richtung. Emma folgt ihnen und erreicht schließlich einen großen, düsteren Torbogen. Sie versucht ins Innere zu blicken, doch der Gang vor ihr zieht sich nahezu endlos in die Länge. In der Ferne blinkt rhythmisch mattes Licht auf.

Zu ihrer Rechten ist ein Kassenhäuschen, in dem eine gelangweilt wirkende Dame mit Lesebrille in einer Zeitung vertieft ist. Obwohl sie nun direkt vor der Alten steht, ignoriert diese sie und schüttelt stattdessen seufzend den Kopf. Mit einem Räuspern versucht Emma sich nun bemerkbar zu machen. Endlich wird sie über die Lesebrille hinweg gemustert.

»Was ist das hier?«, nutzt sie die Gunst des Augenblicks.

Verächtlich schnaubend folgt die monotone Antwort: »Das hier ist die Welt!«

»Die Welt also ...? Darf ich rein?«

Die Dame nickt, während sie ihren Blick wieder in der Zeitung versenkt.

»Wie viel kostet das denn?«

»Es kostet nichts und doch alles. Geh endlich rein!«

Noch gleichermaßen verwirrt, doch nicht daran interessiert sich mit dieser unsympathischen Lady weiter zu unterhalten, schreitet Emma also in den dunklen Korridor und auf das Blinken an dessen Ende zu.

Der Gang mündet in einem überdimensional großen Raum, der den gesamten Bauklotz ausfüllen muss. Das Blinken stammt von einer riesigen Leinwand, die sich über die komplette, ihr gegenüberliegende Wand erstreckt. Auf den ersten Blick sieht das Ganze hier aus, wie ein viel zu groß geratener Kinosaal. Sie blickt auf unzählige Hinterköpfe, die gebannt das Geschehen auf der Leinwand verfolgen.

»Kino oder Zeitung?«, reißt sie ein energieloser Jugendlicher in gestreiftem Hemd aus ihren Gedanken.

»Ähhh ... Kino.«

Er drückt ihr einen Kopfhörer in die Hand und deutet mit dem Arm in Richtung der Leinwand, als wäre das nicht selbsterklärend.

»*Hau ab!!!*«

Ein Mittelgang führt quer durch den Raum. ›532‹, liest Emma das kleine Schild, das an der Reihe neben ihr angebracht ist. Als sie ihren Blick auf die energielosen Wesen richtet, die dort mit Kopfhörern in den Ohren sitzen, beschleicht sie ein äußerst unangenehmes Gefühl. Sie sitzen dort absolut regungslos und starren mit Angst geweiteten Augen nach vorne. Hin und wieder entfährt dem ein oder anderen ein »Oh nein« oder »Wie schrecklich«, ohne dass sie ihre Blicke je abwenden.

Emma macht einen Schritt nach vorne. Doch auch in Reihe 531 sieht es nicht anders aus und ebensowenig in den Reihen dahinter. Der ganze Saal ist überfüllt mit diesen zombieartigen, energielosen Wesen.

Erst jetzt richtet sie ihren Blick auf das, was alle so zu fesseln scheint. Auf der Leinwand ist gerade ein Soldat zu sehen, der unbewaffnete Kinder erschießt. Der Anblick lässt eine Portion von Emmas Energie entweichen und in Richtung des Bildschirmes schweben. Doch ohne in ihn eindringen zu können, verpufft sie einfach.

Emma ist froh, dass sie keinen Ton von dem, was sich dort abspielt, hören kann. Es zu sehen reicht ihr vollkommen aus.

Szenenwechsel. Nun ist ein stark pigmentierter Mann zu sehen, der eine Frau grob gegen die Wand drückt und sie ahnt, was als Nächstes passieren wird. Während wieder eine Portion ihrer Energie die vergebliche Reise antritt, wendet sie den Blick ab. Das kann und will sie sich nicht länger ansehen.

Wieso nur schauen sich das all diese Wesen an?

Ihrer Intuition folgend tritt sie auf den Sitzplatz zu, der ihr am nächsten ist und tippt dem dort sitzenden Mann auf die Schulter. Keine Reaktion.

»Hallo«, versucht sie ihn aus seiner Trance zu wecken.

Immer noch nichts. Nachdem ihm auch weitere Ansprachen und Tippversuche keine Reaktion entlocken, packt Emma ihn nun an beiden Schultern und schüttelt ihn kräftig durch: Obwohl sein Kopf dabei Hin und Her gewirbelt wird, bleibt sein Blick starr nach vorne gerichtet. Und da ihr nichts Besseres mehr einfällt, hält sie ihm schließlich einfach mit den Händen die Augen zu.

»Hey!«, beschwert sich der Mann postwendend und versucht seine Sicht zurückzuerlangen.

Euphorisiert von dem kleinen Sieg verstärkt sie ihren Griff, während sie fragt: »Warum schaust du dir das an?«

Seine Gegenwehr nimmt zu, als er in dogmatischem Tonfall antwortet: »Weil das die Welt ist und wir hinsehen müssen!«

Skeptisch wirft Emma einen Blick auf den Bildschirm. Jetzt ist dort eine nackte Frau abgebildet, die sie an die Frauen in den Magazinen aus Sichtbar erinnert. Nichts von dem, was bisher auf diesem Bildschirm vorgeführt wurde, ähnelt auch nur im Entferntesten dem, was sie bislang tatsächlich von der Welt gesehen hat.

»Das ist nicht die Welt«, schnaubt sie daher verächtlich, während sie all ihre Kraft einsetzen muss, um ihm weiterhin den Blick nach vorne zu verwehren. Wenn er nicht so energielos wäre, wäre das für sie wohl ein unmögliches Unterfangen.

Keuchend bringt sie hervor: »Da draußen ist die Welt. Komm mit mir und ich zeige sie dir!«

Der Mann hält plötzlich inne. Sie kann seine Panik nahezu riechen, als er das Wort ergreift: »Draußen??? Weißt du denn nicht, wie gefährlich es draußen ist? Wie schrecklich? Wie grausam? Die Welt ist dem Untergang geweiht und du willst da raus gehen?«

Er schnappt pikiert nach Luft und muss diesen wahnsinnigen Gedanken erst einmal verarbeiten.

»Nicht draußen ist es gefährlich, HIER ist es gefähr-lich!«, stellt sie mit Nachdruck fest, doch der Mann be-ginnt schon wieder gegen ihren Griff anzukämpfen.

»Lass mich los! Ich muss hinsehen! Wir alle müssen hinsehen! Das ist die Welt!«

Emma verlässt langsam die Kraft (eigentlich viel mehr die Hoffnung) und so schafft er es nun doch, ihre Hände hinunterzureißen und erneut in seiner Trance zu versin-ken.

Kopfschüttelnd und mit schwerem Herzen steht Emma nun am Eingang. Sie fühlt sich hilflos und traurig und weiß nicht recht, was sie jetzt machen soll.

»*Hau endlich hier ab, verdammt!*«

»Wollen sie doch lieber eine Zeitung?«, ertönt die Stimme des pubertierenden Jugendlichen neben ihr.

»Nein, ich will helfen!«

»Das kannst du nicht«, stellt er mit einem Tonfall fest, der bereits weit hinter Resignation liegt.

Moment mal.

»Warum bist du keiner von ihnen?«, fragt sie verblüfft.

»Weil ich es nicht sein soll ...«

Nach einer Weile fügt er hinzu: »Wir sind nur Spielfi-guren. Unwichtige Spielfiguren. Wenn du wirklich helfen willst, dann musst du zu den Puppenspielern gehen.«

»Die Puppenspieler?«, fragt Emma, »Sind sie für all das hier verantwortlich?«

»Für das und noch bedeutend mehr. Vielleicht auch nicht. Alle hier könnten gehen. Oder nicht ...«

Sein Blick wird leer. Dann schaut er sie auf einmal ein-dringlich an und sein Tonfall wird immer hysterischer, während er sagt: »Du musst hier weg! Du musst gehen!

Und zwar jetzt. Zu viele von dir habe ich kommen und niemals gehen sehen. Also geh! Jetzt! Na los, geh!!! GEH!!!!«

Emma bekommt es mit der Angst zu tun. Doch bevor sie sich umdreht, um seinen Rat zu befolgen, setzt sie eine jüngst gewonnene Erkenntnis um: »Danke!«

Dann verschwindet sie im Korridor. Die Dame im Kassenhäuschen blickt dieses Mal verwundert zu ihr auf, sagt aber nichts - ebenso wie Emma.

Heilfroh tritt sie zurück ans Tageslicht. Das Feld, das ihr eben noch so trist erschien, würde sie jetzt am liebsten küssen vor Freude. Ach was soll's! Sie beugt sich hinunter und gibt dem verbrannten Boden ein paar herzliche Küsse.

Tief in sich ahnt sie, dass sie soeben einem schrecklichen Schicksal entkommen ist und sie ist unglaublich dankbar für den Jungen, ohne dessen Worte sie es vielleicht nicht mehr rechtzeitig hinausgeschafft hätte.

Während sie sich nun einen verbrannten Grashalm aus dem Mundwinkel zieht, versucht sie sich zu orientieren. Keine Sekunde länger will sie an diesem Ort bleiben! Ein Blick an sich herunter bestätigt ihr, dass sie einiges an Energie in ihm gelassen hat.

Schnellen Schrittes macht sie sich auf den Weg in Richtung des Baches, dessen Folgen ihr dieses Mal kein Glück gebracht hat.

Wie ist es nur möglich, dass zwei Orte, die so nahe beieinander liegen, so vollkommen unterschiedlich sein können? Das große Glück und das große Leid ... Da fällt ihr Alles und Nichts ein und es beschleicht sie der Gedanke, dass nur wenig in dieser Welt gerecht ist.

Während sie nun an die ängstlichen, energielosen Zombies denkt, an Alles und Nichts, ans Energie haben oder nicht, ans jemand und niemand Sein - da erwacht auf einmal etwas in ihr.

Ein Wunsch. Ein selbstloser Wunsch.

Immer intensiver und raumeinnehmender schwillt dieser in ihr an, bis er sich schließlich in etwas noch viel Gewaltigeres verwandelt: in eine Entscheidung.

Hier. Mitten auf dem verbrannten Feld, den schwarzen Bauklotz im Rücken, trifft Emma eine Entscheidung. Und nur für den Fall, dass für diese die selben Gesetze gelten wie für Fragen, spricht sie sie laut aus:

»Ich werde diese Welt verändern!«

10. KAPITEL

in dem nur die Gemeinschaft Bunt ist

Zum ersten Mal, seit Emma ihre Reise angetreten hat, denkt sie an Theo. Wie es ihm wohl geht? Als sie ihn vor ihrem inneren Auge entstehen lässt, mit seinem klaren Blick, füllt sich ihr Herz mit Wehmut.

Ob sie ihn jemals wiedersehen wird?

Nachdem sie Karls Geschichte gehört hat, ist sie sich nämlich nicht mehr sicher, ob sie je nach Sichtbar zurückkehren wird. Aber der Gedanke, Theo nie mehr wiederzusehen, lässt ihr Herz schwerer werden, als es der Anblick noch so vieler Wesenzombies je könnte.

Nachdem sie unter einer dicken Tanne die Nacht verbracht und sich gedankenvoll einen weiteren Tag bachabwärts bewegt hat, sieht Emma nun blaue Häuschen in der Ferne.

Ein unangenehmes Gefühl macht sich in ihrer Bauchgegend breit, während sie ihnen entgegengeht. Die jüngsten Ereignisse beeinträchtigen ihre Entdeckungsfreude offenbar erheblich.

Als sie näherkommt, kann sie abseits der blauen noch eine Handvoll roter Häuser ausmachen und hinter diesen wiederum einige gelbe. Die Farbenvielfalt der Gebäude wirkt einladend, doch Emmas mulmiges Gefühl bleibt.

Nach einer Weile gelangt sie auf eine gepflasterte Straße, die sich quer durch die blauen Häuser schlängelt und beginnt ihr zu folgen. Eine nahe gelegene Tür öffnet sich und eine Frau mit azurblauem Haar tritt - keine zwei Meter entfernt - neben sie. Die beiden mustern sich. Abscheu funkelt im Blick der Frau auf. Dann spuckt sie Emma verächtlich vor die Füße und eilt davon. Diese blickt verwundert dem wippenden, blauen Haarschopf hinterher, ehe sie ihren Weg fortsetzt.

Es dauert nicht lange, da erreicht sie ein Viertel gesäumt von gelben Gebäuden. Ein Kind mit sonnengelbem Haar beobachtet sie aus einem der Fenster heraus. Als sie ihm gerade zuwinken möchte, zeigt es ihr den Mittelfinger und spricht einen lautlosen Fluch.

»Kehr um. Das hat nichts Gutes zu bedeuten.«

Ein paar Meter entfernt kreuzen sich die Wege zweier Männer. Der eine mit zitronengelbem, der andere mit grasgrünem Haar. Sie taxieren sich mit hasserfüllten Blicken bis der Zitronengelbe »Pack!« brüllt und in die entgegengesetzte Richtung davonstürmt. Etwas Energie huscht von dem Grünen in den Gelben. Dabei fällt Emma auf, dass beide Energie in sich tragen, jedoch nicht verbunden sind - genau wie sie.

Jedes der Gesichter, das sie nun in diesem Ort zu sehen bekommt, ist hasserfüllt und erinnert sie an Wut. Das, was sie hier sieht, gefällt ihr ganz und gar nicht. Jedes dieser Viertel trägt eine andere Farbe, ebenso wie die Haare seiner Bewohner. Und immer dann, wenn ein Wesen auf ein anderes trifft, werden hasserfüllte Blicke ausgetauscht, Beleidigungen ausgestoßen und somit Energie geklaut. Und da weiß Emma plötzlich, wo ihr unangenehmes Gefühl herrührt. Sie erinnert sich. Ja sie erkennt sich sogar in den Einwohnern dieses Dorfes. Einst war sie ebenso wie sie - ein Energiedieb.

Lautes Glockengeläut reißt sie aus ihren Gedanken und

erweckt das Dorf mehr und mehr zum Leben. Türen werden geöffnet und Wesen treten aus ihnen hervor mit den unterschiedlichsten Haarfarben. Alle schlagen dieselbe Richtung ein, nicht ohne ein paar Beleidigungen von sich zu geben, sobald sie jemandem mit anderer Haarfarbe begegnen. Und da es immer mehr Wesen werden, je weiter sie vorankommen, entsteht allmählich eine Art Beleidigungskonzert um Emma herum.

Sie folgt der Masse - unschlüssig, ob das wirklich eine gute Idee ist. Noch nie hat sie so viel Hass auf einem Haufen gesehen. Und da sie sich selbst nicht an ihm beteiligt, wohl aber dessen Zielscheibe ist, weicht nach und nach alle Energie aus ihr heraus und in andere hinein.

Schließlich erreicht die Hassmasse einen großen, bereits überfüllten Platz. Emma kann Linien auf dem Boden erkennen und Schilder in den unterschiedlichen Farben, an denen sich die entsprechenden Viertel sammeln.

Nach und nach findet sich jedes Wesen an dem Schild seiner Farbe ein und so kann sie erkennen, dass die Linien den Boden des Platzen kuchenförmig aufteilen. Für jede Farbe ein Kuchenstück.

Da verstummt das Glockengeläut plötzlich und mit ihm auch die lautstarken Beleidigungen. Alle Augen richten sich in die Mitte des Platzes, in den nun ein Mann mit rotem Haar tritt. Er hält ein Mikrofon in der Hand und beginnt zu sprechen: »Ihr gehört nicht hierher. Nur wir, die Roten, sind die wahren Bewohner von Bunt! Ihr anderen seid Abschaum, Schmarotzer, Dreck!«

Er scheint noch etwas hinzufügen zu wollen, doch bereits während er spricht, ertönen Flüche und Buh-Rufe, die er schließlich nicht mehr übertönen kann.

Eine gelb-haarige Frau mit einer beachtlichen Muskelfülle stürmt auf ihn zu, holt aus und schlägt ihm so feste ins Gesicht, dass er rücklings zu Boden sinkt. Energie huscht von ihm zu ihr und unter Applaus der Gelben, schlendert die Frau lässig zu dem Umgeboxten und nimmt ihm das Mikrofon aus der Hand.

»Wir Gelben. Wir sind die wahren Bewohner von Bunt! Wir sind die einzig wahre Farbe!«, brüllt sie energisch und bemerkt dabei nicht den kleinen grünhaarigen Jungen, der sich anschleicht und ihr flink das Mikrofon entreißt.

Seine Kinderstimme ertönt nun: »Ihr Lügner, ihr Versager, ihr Diebe. Wir Grünen sind die wahren Bewohner von Bunt! Nur wir haben das Recht hier zu sein!«

Tränen steigen Emma in die Augen. Und je mehr Redner nach vorne kommen, sich gegenseitig schlagen und treten, sich beleidigen und ihren wahren Anspruch auf Bunt erheben, desto trauriger wird sie. Eine Träne nach der anderen kullert ihr übers Gesicht, bis sie sich schließlich nicht mehr zusammen reißen kann und lautstark zu Schluchzen beginnt. Keinen der Umstehenden scheint das zu interessieren. Ihre Blicke bleiben feurig in die Mitte des Platzes gerichtet.

Tränenschwer hört Emma nur noch mit einem Ohr zu, während ein Rauschen in ihrem anderen anschwillt.

Wie schrecklich es hier ist … Wie grausam …

Das Rauschen wird immer lauter und fast dankbar registriert sie, dass es langsam alle anderen Geräusche übertönt. Die Hände auf das tränenüberströmte Gesicht gelegt, sackt sie zu Boden.

In ihrem Schmerz gefangen hätte sie fast nicht die Berührung an ihrer Schulter bemerkt. Erst die Worte, direkt in ihr Ohr gesprochen, dringen tatsächlich zu ihr durch: »Komm mit!«

Verwirrt versucht sie zu erkennen, wer da mit ihr

spricht, aber der Tränenschleier lässt sie nur eine verschwommene Person ausmachen, die ihr nun aufzuhelfen beginnt. Kraftlos fügt sie sich und lässt zu, dass sie aus der Wesenmenge herausgezogen wird.

Surreal, unscharf wahrnehmend und weiterhin schluchzend wird sie in eine schmale Gasse gezogen. Dann in eine weitere und schließlich in einen Hauseingang. Die Gestalt klopft drei Mal, die Tür öffnet sich und Emma wird in das Innere geschoben. Erneut bricht sie unter der Last des Schmerzes zusammen, während sich jemand zu ihr herunterbeugt und sie in den Arm nimmt.

»Schschsch.«

Sanfte Hände streichen über ihren Kopf.

Eine geraume Weile sitzt sie so da, in der tröstenden Umarmung eines Fremden.

»Sie ist nicht von hier«, stellt eine Stimme aus einiger Entfernung fest, aber Emma ist noch nicht in der Lage wirklich anzukommen. Stattdessen lässt sie sich los in die wiegenden Arme und dem anhaltenden, beruhigenden Geschschsche. Diese Art von Trost wurde ihr lange nicht mehr zuteil oder vielmehr hat sie ihn nie zugelassen.

Nach einer gefühlten Ewigkeit versiegen Emmas Tränen schließlich. Zusammengesunken an der Brust des Fremden startet sie einen neuen Versuch, sich zu orientieren. Sie sitzt auf dem Fliesenboden einer Küche und als sie ihren Blick aufrichtet, schaut sie in das sanfte Gesicht eines alten Mannes, das von langen weißen Haaren umgeben ist.

»Du hättest niemals hierher kommen dürfen!«

»Willkommen zurück!«, spricht er mit kräftiger Stimme, lächelt sie dabei verständnisvoll an und fügt dann hinzu: »Es geht vielen so ... Ohne Hass im Hass zu leben ist ein schwieriges Unterfangen.«

Emma lässt ihren Blick durch den Raum schweifen. An einem Küchentisch kann sie drei weitere alte Herren mit weißem Haar entdecken, die sie ebenso mitfühlend ansehen. Und als sie wieder zu ihrem Tröster blickt, sagt dieser: »Ich bin Theo. Und das sind Harald, Jürgen und Bente.«

Die drei nicken ihr zu und sie muss über den Theo-Zufall schmunzeln. Endlich richtet sie sich auf, obgleich sie allzu gerne noch etwas in Theos Arm verweilen würde. Da öffnet sich die Zimmertür und eine alte Dame mit weißem Dutt und Kittel-Gewandt tritt ein.

»Oh, ein Neuling?«, fragt sie milde lächelnd in die Runde. Theo nickt kaum merklich.

»Hach Liebes, ich bin die Silvia. Du brauchst keine Angst haben. Lass uns erst mal ein Tässchen Tee schlürfen«, mit diesen Worten verschwindet sie hinter der Küchenzeile.

Theo und Emma setzen sich zu den anderen, während Silvia den Tee aufbrüht und ihn dann gemeinsam mit einem Teller Kekse auf dem Tisch platziert. Unpassend graziös für ihr Alter huscht sie nun mit der Teekanne von Platz zu Platz und befüllt die Tassen. Dabei fällt Emma das sanfte Energieleuchten auf und ein Blick zu Boden zeigt ihr, dass sie verbunden sind. Allesamt.

Noch etwas offenbart ihr der Blick nach unten: Auch sie selbst hat wieder etwas Energie in sich.

»Na los, Kindchen. Nimm dir einen Keks. Die habe ich selbst gebacken«, instruiert Silvia und sie folgt ihrer Anweisung gerne. Wie köstlich! Erst jetzt bemerkt sie die akute Leere ihres Magens und stopft sich gleich noch drei weitere Kekse in den Mund.

»Danke. Schmecken super!«, sagt sie und pustet dabei versehentlich ein paar Kekskrümel über den Tisch. Silvia lacht herzlich auf, schenkt sich ebenfalls eine Tasse Tee ein und setzt sich dann auf den einzig übrig gebliebenen, leeren Stuhl.

Fünf Augenpaare sind nun auf Emma gerichtet. Verlegen schluckt sie den letzten Bissen herunter.

»So, Herzchen«, beginnt Silvia, »du hast also einen Einblick erhalten, was hier in Bunt gehörig schief läuft?«

Emma zuckt bei der bloßen Erinnerung an die Versammlung zusammen und nickt dann bestätigend. Nachdem sie ein Mal in jedes Augenpaar gesehen hat, wovon keines mit diesem Hass erfüllt ist, fragt sie: »Warum seid ihr nicht wie die anderen?«

»Na weil wir Weißen die einzig wahren Bewohner von Bunt sind!«, antwortet Bente todernst. Und schon erklingt schallendes Gelächter von allen Anwesenden.

»Du solltest schleunigst hier verschwinden!«

»Lass dich nicht ärgern, Kindchen«, sagt Silvia amüsiert und tätschelt dabei Emmas Knie, »Wir sind nicht besser als sie. Früher einmal waren wir sogar ganz genau wie sie. Aber dann ... du weißt ja, wie das mit dem Altern ist. Uns verlässt unsere Vitalität, unsere glatte Haut, aber vor allem auch die Farbe unseres Haares. Und wenn du einmal diese Erfahrung machst, von deinen eigenen Leutchen, ja sogar von deiner Familie ausgestoßen zu werden ... ja dann kommt man schon mal ins Grübeln ... Nur schade, dass wir erst weiß werden müssen, um zu erkennen, wie wenig uns eigentlich unterscheidet.«

»Ich gehörte einst zu Blau«, wirft Jürgen da ein.

»Ich auch«, nickt Bente.

»Ich zu Lila«, ergänzt Harald und mit einem Finger auf Silvia gerichtet, fügt er hinzu: »Und sie zu Orange.«

Auffordernd blickt Emma nun zu Theo, der ihr zuzwinkert: »Ich war grün - durch und durch!«

Nach einer Weile des Erinnerns und mit einem frechen Grinsen ergreift er wieder das Wort: »Kannst du dir vorstellen, wie heiß es hier herging, als wir aufeinandertrafen? Jeder Einzelne erfüllt von jahrelang genährtem Hass? Wesen, das war ein Energieklau, der sich sehen lassen konnte!«

Emma muss schmunzeln, als sie versucht sich auszumalen, wie sich die alten Herrschaften hier angefeindet haben mussten.

»Oh ja, Liebchen, selbst großer Hass lässt sich hinweg lachen«, wirft Silvia da ein, »und das haben wir dann irgendwann auch eingesehen. Denn zurück konnten wir ja nicht mehr. Und mit der Zeit und der Hilfe der Weißen lernten wir endlich, unseren Blick zu verändern, weg von dem einen Unterschied und hin zu all den Gemeinsamkeiten. Das hat uns Frieden gebracht.«

Nachdenklich nippt Emma an ihrem Tee. Dann spricht sie die Frage laut aus, die ihr durch den Kopf geistert: »Warum sind die Bewohner von Bunt nur so unglaublich blind?«

»Hass macht immer blind. Aber um zu verstehen, müssen wir sehen. Und solange wir uns in unserem Kreis drehen und keinen Schritt zurück machen, bleibt es uns auch unmöglich wahrhaftig zu sehen«, ist Theos Antwort.

Emma greift in ihre Kleidtasche. Er ist noch da. Doch es ist nur einer. Sie hätte Unzählige von ihnen gebraucht für alle Einwohner von Bunt. Resigniert fragt sie: »Gibt es denn keine Möglichkeit eure Weisheit mit den anderen zu teilen?«

Harald murmelt (nicht minder resigniert) zwischen seinem Vollbart hervor: »Niemand hört auf die Alten und Weißen ...«

Wie dumm von ihnen! Was für ein trauriger Kreislauf.

Doch da keimt plötzlich eine Idee in Emma auf.

»Und was wäre wenn«, überlegt sie laut, »ich mit ihnen spreche?«

Silvias Augen funkeln, während Harald nicht sonderlich begeistert wirkt. Theo hingegen zuckt mit den Achseln und sagt: »Ach ... Wenn ich eines gelernt habe in meinem Leben, dann ist es, dass du erst weißt, was passiert, wenn es tatsächlich passiert.«

»Versammeln sie sich jeden Tag?«, fragt Emma von einem plötzlichen Adrenalinstoß euphorisiert.

Bente nickt.

»Gibt es noch mehr Weiße?«, lotet sie aus.

Wieder Nicken.

»Gut. Ich habe einen Plan und dafür brauche ich eure Hilfe«, sagt sie und fügt dann mit einem geheimnisvollen Unterton hinzu, »und eure Energie!«

Emma versucht das Gebrüll und die Gewalt um sich herum weitestgehend auszublenden. Sie muss unbedingt konzentriert bleiben, um ihren Plan in die Tat umzusetzen. Ein Blick über den Platz verrät ihr, dass alle ihre Positionen an den Trennlinien eingenommen haben. Den anderen scheint es gar nicht aufzufallen, dass nun überall vereinzelt Weiße stehen. Sie sind zu sehr davon eingenommen, ihrem Hass Luft zu machen.

In der gegenwärtigen Hektik versucht Emma nun Stille zu bewahren und einen günstigen Moment abzupassen. Der ergibt sich, als gerade ein kleiner braunhaariger Junge das Mikrofon hat. Mutig und blitzschnell sprintet sie an ihm vorbei und entreißt es ihm.

Alle Blicke richten sich nun auf sie. Deutlich sichtbar ist die vorherrschende Verwirrung. Und so wird es mucksmäuschenstill, während die Menge unschlüssig auf Emmas Mütze starrt, die ihr Haar vollkommen verbirgt.

»Bewohner von Bunt«, beginnt sie zu sprechen, »wer gehört hier wirklich her? Die Blauen, die Roten, die Grünen, die Gelben? Die Orangenen, die Weißen, die Schwarzen? Oder doch die Lilanen? Wie viel von euch ist euer Haar? Was seid ihr außer dessen Farbe? Was steckt darunter? So soll jetzt jeder die Hand heben, wenn auf ihn zutrifft, was ich sage ...«

Sie zwinkert mit dem Auge (das vereinbarte Zeichen) und kann beobachten, wie die Weißen beginnen ihre Energie an die Wesenmenge zu verteilen.

»Wer von euch hat Beine, Arme, Hände und Füße?«

Mit der Energie, die sich langsam ausbreitet, strecken sich die ersten Hände zaghaft in die Höhe.

»Wer von euch hat ein Herz, Lungen, eine Leber? Wer hat Ohren, eine Nase, einen Mund?«

Immer mehr Arme strecken sich empor.

»Wer von euch ist fähig zu lachen, zu wüten, zu trauern, zu ängstigen und zu lieben? Wer von euch hat Träume, Bedürfnisse, Zweifel und Begierden? Wer kann riechen, schmecken und fühlen? Wer laufen, springen und tanzen?«

Sie lässt ihren Blick über die sanft leuchtende Wesenmenge gleiten und registriert freudig, dass mittlerweile alle Arme zum Himmel deuten.

»Schaut euch um«, instruiert sie und tatsächlich beginnen sich die Bunten umzublicken, all die Arme um sich herum zu registrieren.

»Hört auf, den Unterschied zu fokussieren und seht stattdessen eure Gemeinsamkeiten und das, was ihr gemeinsam werdet. Denn wer von Euch ist wirklich Bunt?«, stellt sie ihre letzte Frage. Das ein oder andere Lächeln huscht über den Platz.

»Ihr seid Bunt! Denn hier ist Bunt! Nicht Blau, nicht Grün, nicht Rot, nicht Gelb, nicht Lila … Nur gemeinsam seid ihr Bunt!«, endet Emma gefolgt von einer Grenzen niederreißenden Stille.

Das erste Klatschen ertönt von Theo, der ausgezehrt vom Energieschenken und mit stolzem Blick zu ihr herübersieht. Immer mehr Bunte stimmen in sein Klatschen ein, bis schließlich tosender Beifall herrscht, der untermalt wird von einem befreienden, sich wiederholenden »Wir sind Bunt! Wir sind Bunt!«

11. KAPITEL

in dem Emma von ihrem Trauma angesprungen wird

Freudentaumelig realisiert Emma, dass sie tatsächlich etwas bewegt hat. Zwar hier im Kleinen - in Bunt ... Doch sie hat etwas bewegt und das Gefühl, einen Teil ihrer Aufgabe im großen Organismus Leben erfüllt zu haben. Als hätte sie mit ihrem Handeln irgendwie die ganze Welt in Bewegung gebracht.

Die Bewohner von Bunt sind zwar im Begriff noch ein berauschendes Vereinigungsfest zu feiern, doch das euphorisierende Gefühl der Selbstwirksamkeit drängt Emma dazu, weiterzuziehen.

Wie viel kann sie wohl noch bewegen in dieser Welt?

Dank Silvia ist sie nun ausgestattet mit einer beträchtlichen Keksportion und allerlei Einmachgläsern.

»Hach Kindchen, wir danken dir von ganzem Herzen!«

»Ich danke euch!«, betont Emma sentimental und umarmt sie herzlich. Auch Harald, Bente und Jürgen schließen sie zum Abschied der Reihe nach in die Arme. Übrig bleibt nur Theo. Emma hat einen Klos im Hals.

»Du hast mich gerettet«, sagt sie.

»Und du hast Bunt gerettet!«, entgegnet er und breitet ein weiteres Mal seine großen, einladenden Arme für sie aus. Emma stürzt hinein und kuschelt sich eng an seine Brust. Erst nach einer langen Weile sagt er: »Na los. Mach dich auf deinen Weg.«

Er reibt sich mit dem Handrücken eine Träne aus den Augenwinkeln und fügt hinzu: »Komm uns irgendwann besuchen und warte nicht zu lange. Du weißt ja: Wir sind alt ...«

Das Lächeln, das er ihr dabei schenkt, erreicht seine Augen nicht.

»Das mache ich!«, verspricht Emma und geht davon. Ihren Tränen lässt sie dabei freien Lauf, denn sie verdeutlichen ihr nur ihre Verbundenheit.

So wie sie zum ersten Mal einen selbstlosen Wunsch empfand, zum ersten Mal eine selbstlose Entscheidung traf und zum ersten Mal selbstlos handelte, entscheidet sich Emma nun zum ersten Mal während ihrer Reise, einen Weg fern vom Bachverlauf einzuschlagen - weg vom Bekannten und hin zum Unbekannten.

Ihr intuitiv eingeschlagener Weg führt sie durch einen dichten Wald. Kaum ein paar Meter kann sie sich geradeaus bewegen. Stattdessen muss sie sich in Schlangenlinien einen Weg durchs Dickicht bahnen. Äste berühren sie im Vorbeigehen sachte und es fühlt sich an, als würden sie sie damit ihres Weges bestätigen. Die Natur ist ihr so nah, dass es ihr unmöglich ist, Distanz zu wahren. Als würde sie ein Teil von ihr - flexibel ziellos in ihr verschmelzend.

Ihr Herz und Körper sind beschwingt, voller Energie und der tiefen Überzeugung, einem bestimmten Sinn zu folgen, ein Teil von allem zu sein. So bewegen Emmas Bewegungen zwangsläufig die Natur um sie herum. Das Gras, die Sträucher und Ästchen. Sie stellt sich dabei vor, wie jede ihrer Bewegungen nicht nur hier sichtbar, sondern mit allem Sein verbunden ist. Wie jedes Gefühl, jeder Gedanke in einem riesigen Lebensnetz verwoben ist und sie durch sich einfach alles in Bewegung bringt.

Über die Tiefsinnigkeit ihrer Überlegungen ist Emma ein wenig beeindruckt. Es scheint, als würden die Samen ihrer bisherigen Begegnungen langsam in ihr aufkeimen und zu etwas heranreifen, das sie noch nicht vollkommen begreifen kann.

Da plötzlich springt sie eine kleine Gestalt von hinten an und reißt sie nicht nur aus ihrer gedanklichen, sondern auch tatsächlich in die Tiefe. Unsanft stürzt sie zu Boden und stößt sich dabei den Kopf an einer Wurzel. Kurz wird ihr schwarz vor Augen und sie registriert das Gewicht auf ihrem Rücken, das es ihr erschwert, sich zur Seite zu drehen und ihren Angreifer auszumachen.

»Hey!«, tönt sie und versucht dabei das unsanfte Pochen an der Stelle, wo sie auf der Wurzel aufgekommen ist, zu ignorieren. Mit einem Ruck schafft sie es ihren Angreifer von sich zu werfen und ihm dann geradewegs in die Augen zu blicken.

Vor ihr sitzt ein kleines, vielleicht sechs Jahre altes Mädchen. Aber es ist nicht nur irgendein Mädchen. Das Mädchen hier vor ihr ... ist sie selbst. Oder vielmehr eine jüngere Version ihrer selbst.

»Wer bist du?«, fragt Emma ungläubig.

Das Mädchen fixiert sie mit einem viel zu erwachsenem Blick für ihr Alter. Auch ihre Gesichtszüge wirken unpassend angespannt, verhärtet und zu ernsthaft für die eines Kindes.

»Ich bin dein Trauma.«

Emma zieht scharf die Luft ein. Sie weiß nicht warum, doch ihr Herzschlag beschleunigt sich plötzlich unkontrolliert und Schweißperlen treten auf ihre Stirn. Ein beklemmendes Gefühl kriecht ihr bis in die Knochen und verursacht einen immer stärker werdenden Druck auf ihrem Brustkorb.

Während ihr Trauma sie weiterhin beobachtet, bekommt Emma langsam das Gefühl, nicht mehr richtig atmen zu können. Sie kann zwar die Atembewegung physisch durchführen, ist aber nicht fähig die daraus resultierende Sauerstoffzufuhr wahrzunehmen.

Immer hektischer werden ihre Atemzüge und sie spürt wie ihre Hände von dem übermäßigen Sauerstoff zu kribbeln beginnen. Der Druck auf ihrem Brustkorb nimmt zu und ein seltsamer Schmerz erfasst ihren ganzen Körper, dem sie am liebsten mit unkontrollierten Tritten Luft machen würde.

»Hilfe! Ich sterbe!«, presst sie hervor und ist sich dabei sicher, dass sie gerade hier - in diesem Wald - im Begriff ist zu sterben. Also so hat sie sich das Ende ihrer Reise nun wirklich nicht vorgestellt!

»Du stirbst nicht«, kommentiert Ihr Trauma da nüchtern, »Du hast eine Panikattacke.«

Vollkommen auf den gefühlten Sauerstoffmangel konzentriert, dauert es eine Weile, bis ihre Worte zu Emma durchdringen.

»Wie«, presst sie nun hervor, »hört das wieder auf?«

»Na in dem du dich beruhigst«, feixt ihr Trauma und stochert dabei gelangweilt mit einem Ästchen im Boden herum.

Jede Muskelfaser angespannt, versucht Emma im Geiste beruhigend auf sich einzureden. Versucht sich zu sagen, dass genug Luft vorhanden ist, dass sie nur Panik hat, dass sie sich beruhigen muss ...

Ohne Erfolg. Das Kribbeln hat sich bereits bis zu ihren Schultern ausgebreitet.

»Mach, dass das aufhört!«, stöhnt sie hilflos.

»Du kannst warten. Irgendwann hört es ganz von alleine auf. Aber nur für eine Weile. Weil ich dich jederzeit wieder anspringen kann - vor allem dann, wenn du nicht damit rechnest«, kommentiert ihr Trauma emotionslos, ohne von seinem Ästchen aufzublicken.

»Mach, dass es aufhört!«, keucht Emma erneut, während ihr der Schweiß über die Stirn rinnt.

Da blickt ihr Trauma plötzlich auf.

»Mich wirst du nur los, wenn du dich mir stellst ... Wenn du mich verarbeitest.«

»Wie?«

»Gib mir deine Hand«, weist ihr Trauma sie an und streckt ihr dabei ihr kleines Händchen vor die Nase. Emma hat das Gefühl gleich ohnmächtig zu werden. Zitternd ergreift sie die ihr gereichte Hand.

»Und jetzt schließe deine Augen.«

Emma tut, wie ihr geheißen.

Mit der Dunkelheit verschwinden schlagartig auch der Druck auf ihrem Brustkorb und der Schmerz. So einfach konnte das doch nicht sein. Das hätte ihr Trauma ruhig mal gleich sagen können!

»Jetzt öffne deine Augen«, folgt die nächste Instruktion.

Emma erwartet den Wald vor sich zu sehen, doch als sie ihre Augen öffnet, ist nichts mehr wie zuvor. Nein, das ist nicht präzise genug: Es ist faktisch ein vollkommen anderer Ort. Ein Ort, den sie kennt ... Nur zu gut ...

Beim bloßen Hinsehen zieht sich alles in ihr zusammen. Eigentlich hatte sie sich untersagt, je wieder hieran zu denken, geschweige denn wirklich herzukommen.

Ihr Blick schweift über die verschmutzte Küchenzeile, die vielen Teller und Tassen, die sich im Spülbecken stapeln. Beiständig drückt ihr Trauma ihre Hand und als sie zu ihm herabblickt, haben sich seine Gesichtszüge vollkommen verändert. Seine Augen strahlen Angst und Ohnmacht aus ... und Schmerz. Plötzlich wirkt das Gesichtchen so weich und verletzlich, dass Emma das intensive Bedürfnis überkommt, dieses hilflose Kind zu beschützen.

Nun deutet ihr Trauma mit einem Finger in Richtung des Flurs, von dem Emma ganz genau weiß, wohin er führt.

»Hör sofort auf damit! Das wird dich zerstören! Schließ deine Augen. Kehr um. Kehr um!!! Ich flehe dich an!!!!!«

In Zeitlupe bewegen sich die beiden, wie von einer unsichtbaren Hand geführt, durch den Flur. Die Badezimmertür ist leicht geöffnet und lässt das dahinter liegende Drecksloch erahnen. Schweiß tritt zwischen ihre Handflächen und Emma ist sich nicht sicher, ob es ihrer ist oder der ihres Traumas - was letztlich natürlich keinen Unterschied macht.

Vor der Wohnzimmertür kommen sie zum Stehen. Alles in ihr wehrt sich dagegen einzutreten. Ihr Trauma blickt ängstlich und mit Tränen in den Augen zu ihr auf und da begreift sie, dass es hier nicht ums Wollen geht, sondern darum, das zu tun, was nötig ist.

Langsam öffnet sie die Wohnzimmertür, die ein leises Knarzen von sich gibt. Inmitten des Drecks und Chaos entdeckt sie sie. Leblos zusammensackt. Emma hält die Luft an - teils wegen ihrer Anspannung, teils wegen des entsetzlichen Geruchs.

Ihr Trauma schluchzt und drückt ihre Hand dabei feste. Den Blick starr auf ihre Mutter gerichtet, überkommt Emma plötzlich eine Welle der Wut. Wie hatte sie ihr das nur antun können? Dieser schäbige Junkie! Dieser Abschaum!

»Fick dich doch!«, schreit sie ihre Emotionen heraus, während ihr Trauma immer heftiger zu Schluchzen beginnt.

»Du hast mich zurückgelassen!«, brüllt sie weiter, »Du hast ja keine Ahnung, was du mir damit angetan hast, du Stück Dreck!«

Ihr Trauma weint bitterlich auf, was Emma nicht davon abhält fortzufahren. Während sie ihre tote Mutter also weiter mit Flüchen befeuert, lässt ihr Trauma schließlich ihre Hand los und hält sich stattdessen die Ohren zu. Immer lauter, immer hasserfüllter wird Emmas Geschrei, bis sich urplötzlich auch Kindergeschrei zu dem Ihren gesellt: »Hööööööööör endlich aaaauuuuffffff!!!!!!«

Baff richtet Emma den Blick auf ihr Trauma. Dicke Tränen kullern ihm übers Gesicht, während es weiter schreit: »Hör auf! Hör auf! Hör auf! Das ist meine Mama. Meine Mama. Hör auf! Hör auf! Das ist meine Mama. Ich liebe meine Mama! Hör endlich auf!«

Und schon verwandelt sich das Geschrei wieder in lautstarkes Schluchzen.

»Du lässt mich sie nicht lieben!«, weint ihr Trauma verzweifelt und sackt zu Boden. So rasch, wie Emmas Wut sie eingenommen hat, ist sie nun wieder verschwunden. Stattdessen überkommt sie Mitgefühl und die Erinnerung an ihr Schutzbedürfnis eben noch in der Küche (das offenbar nicht sehr lange vorgehalten hat).

»Lass sie mich wieder lieben!«

»Aber ... Aber sie hat mich alleine gelassen.«

»Es ist meine Mama. Ich liebe sie! Ich liebe sie! Ich liebe sie!«, wiederholt ihr Trauma immerzu und wiegt sich dabei vor und zurück.

»Du kannst sie doch auch lieben«, versucht Emma nun zu beschwichtigen. Doch ihr Trauma schüttelt nur heftig den Kopf und bedenkt sie dann mit einem wütenden Blick: »Ich kann sie nicht lieben, wenn du es nicht tust!«

Stille.

Und da öffnet sich plötzlich etwas in Emma. Sie blickt zu ihrer Mutter hinunter ... auf den verkrampften, leiblichen Rest, der von ihr geblieben ist. Und da bricht es auf einmal aus ihr heraus. Erst ist es nur eine einsame, schüchterne Träne, die ihre Wange hinabrollt, dann folgen weitere und schließlich laufen sie ihr beinahe wasserfallartig über das Gesicht.

Neben ihrem Trauma sackt nun auch Emma zu Boden, bereit all den unterdrückten Schmerz endlich zu fühlen.

Sie ergreift die Hand ihrer Mutter.

»Mama ...«, weint sie, »oh, Mama ...«

Mehr bringt sie nicht über die Lippen. Ein Wort, das sie ewig nicht mehr in den Mund genommen hat und dessen Emotion durch das Aussprechen zu ihr zurückkehrt.

Ihr Trauma umarmt sie von hinten, während beide all die Tränen weinen, die so lange auf ihre Erlösung gewartet haben. In diesem Moment spielt nichts mehr eine Rolle, nur die Wut, die Emma endlich loslässt, um den Schmerz zu fühlen und ihre Seele mit ihren Tränen zu reinigen.

»Mama ...«, schluchzt sie, »Ich liebe dich ...«

Da löst ihr Trauma langsam die Umarmung und flüstert in Emmas Ohr: »Danke!«

Dann geht es zu ihrer Mama herüber und kuschelt sich eng in deren Arm. Immer wieder, voller Emotion, spricht es dabei laut: »Ich liebe dich, Mama. Ich liebe dich so sehr. Ich liebe dich!«

Erst als jede Träne geweint, jede Liebe bekräftigt ist, richten sich beiden wieder auf.

»Es wird Zeit, dass ich zurückkehren darf«, sagt ihr Trauma und Freude funkelt dabei in ihren Augen.

»Ich gehöre zu dir«, sagt es und streckt seine kleinen

Ärmchen aus.

»Und du gehörst zu mir«, flüstert Emma, während sie sich hinkniet, um ihr Trauma in die Arme zu schließen. Sanft und vertraut fühlt sich die Umarmung an.

Sie schließt die Augen und genießt das Gefühl des Friedens, das sie dabei beschleicht. Ohne zu sehen, kann sie nun noch etwas fühlen: Ihr Trauma beginnt mit ihr zu verschmelzen, wieder ein Teil ihrer selbst zu werden. Mit geschlossenen Augen fühlt Emma jede Sequenz dieser Vereinigung und einen Funken kraftvoller Energie, der sich neu in ihr bildet.

Und als sie ihre Augen schließlich öffnet, blickt sie wieder in dichtes Geäst, das zwischen ihr und dem Himmel steht.

12. KAPITEL

in dem Emma etwas über die Essenz von Wünschen lernt

Ihr Trauma in sich aufzunehmen, es als Teil ihrer selbst zurückzuerobern, hat Emma einiges an Energie gekostet. Und doch fühlt sie sich jetzt irgendwie stärker oder vielmehr befreit.

Während sie nun ihren Schlangenlinienweg durch das Dickicht fortsetzt, empfindet sie tiefe Dankbarkeit. Erst jetzt begreift sie, dass ihr Trauma immer in einem Schatten hinter der nächsten Ecke auf sie gelauert und dieses ewige Davonlaufen sie viel Kraft gekostet hat. Sie hatte solche Angst gehabt, die Erinnerung erneut zu durchleben ... dabei hat es sie letztendlich befreit. Befreit von ihrer Wut, die ja nur die Maske ihres Schmerzes war. Der Schmerz, in dessen Tiefe sie zu ihrer Liebe zurückgefunden hat. Zu der Liebe für ihre Mama. Und nur durch diese Liebe ist es ihr jetzt möglich, alles in einem anderen Licht zu betrachten.

Sicher. Sie hat es nicht leicht gehabt. Ihre Mama vermutlich auch nicht. Aber wenn sie sich nun die Kette an Ereignissen ansieht, begreift sie, dass nichts so wäre, wie es jetzt ist, wenn es anders gekommen wäre.

Der Schmerz, das Leid in Sichtbar hatten sie doch überhaupt erst auf ihre Suche geführt. Auf ihren Weg - auf dem sie Jemand, den Bewohnern von Nichts, dem Fragezeichen, dem Hutmacher, Karl, den Weißen und schließlich ihrem Trauma begegnen durfte. Nach all dem

Schmerz hat das Leben begonnen, sie reich zu beschenken. Nein, nicht nach, sondern vielleicht gar durch ihren Schmerz ...

Was wäre, wenn das Leiden gar kein negativer Zustand, sondern ein notwendiger Meilenstein auf dem Weg zur persönlichen Weiterentwicklung wäre? Eine Einladung, eine Chance, ein Anfang von etwas ... So wie bei jeder Geburt der Schmerz notwendig ist, als fester Bestandteil bei der Erschaffung neuen Lebens ... Ist er vielleicht ebenso eine unumgängliche Voraussetzung für jede Weiterentwicklung?

Einige lebensphilosophische Stunden später bricht die Sonne durch das sonst so dichte Geäst und leuchtet grell vor Emma auf. Unnatürlich kreisförmig verläuft die Lichtung vor ihr und inmitten dieses Kreises prangt ein riesiger Baum, dessen Stamm mindestens vier Mal dicker ist als die der anderen Bäume. Eine überdimensionale Blattkrone umhüllt die Äste und reicht so weit in die Höhe, dass ihr Ende nicht auszumachen ist.

Und was ist das? Dieser grelle Schein stammt nicht nur von der Sonne, denn das Blattwerk des Baumes ist über und über mit runden, leuchtenden Kugeln bedeckt. Erst als Emma noch ein paar Schritte auf sie zumacht, kann sie erkennen, dass Energie in ihnen schimmert.

Diesem magischen Baum mit den schillernde Energiekugeln wohnt solch eine Schönheit inne, dass sie ehrfürchtig zu Boden sinkt und ihren staunenden Blick dabei nicht von ihm abwenden kann.

»Nein, das ist der Falsche«, murmelt da etwas hinter dem Baum. Neugierig nähert sich Emma.

Was sie nun zu sehen bekommt, scheint ihr beinahe noch unglaublicher als der Baum selbst. Dort in der Luft fliegt etwas Libellenartiges. Es funkelt und leuchtet und zieht eine Spur aus Glitzerpollen hinter sich her, während es die Baumkrone ansteuert und sich an einer der Kugeln zu schaffen macht.

»Das hat nichts Gutes zu bedeuten!«

Wenn sie es nicht besser wüsste (und dabei weiß sie nicht, ob sie es besser weiß), müsste sie zugeben, dass dort vor ihr eine Fee herumfliegt. Nicht größer als ihre Handinnenfläche, grazil und zart, mit glitzerndem Kleidchen und Flügelchen, die ihre ganze Körpergröße umfassen. Ja sie hat sogar etwas Winziges in der Hand, das einem Zauberstab gleicht.

Unfähig etwas zu sagen, beobachtet Emma, wie die Fee kräftig an der Kugel zerrt. Da diese allerdings fast genauso groß ist wie sie selbst, muss sie sich offenbar gewaltig anstrengen, um sie vom Baum zu lösen. Und als sie es schließlich schafft, purzelt sie mitsamt der Kugel zu Boden.

»Da hab ich dich endlich!«

Jetzt erst bemerkt die Fee Emma und zuckt dabei vor Schreck zusammen.

»Hi«, weiß diese ihr stilles Beobachten nicht zu erklären.

»Hi«, piepst schließlich auch die Fee, fliegt vom Boden empor und beginnt sich ihr Kleidchen abzuklopfen.

»Was bist du?«, entfährt es Emma.

Die Fee wirft ihr einen giftigen Blick zu und ruft empört: »Wie unhöflich!«

»Äh ... ich meine natürlich: Ich bin Emma. Und wer bist du?«, verlegen streckt sie ihr dabei die Hand entgegen. Die Fee fliegt näher, sodass Emma ihr Augenrollen erkennen kann. Verunsichert klappt sie alle Finger ein, bis auf den Kleinsten und mit einem anerkennenden Nicken, ergreift die Fee diesen nun kurz. Die Berührung ist dabei so flüchtig, dass Emma sie mehr sieht, als spürt.

»Na geht doch!«, wird sie gelobt, »Ich bin Raja. Und um deine unhöfliche Frage trotzdem zu beantworten (obwohl ich sie übrigens ziemlich dämlich finde, immerhin siehst du doch, was ich bin): Ich bin eine Fee. Und um noch präziser zu werden: eine Wunschfee!«

»Danke«, grinst Emma. Irgendwie mag sie die Kleine mit ihrer frechen, abschätzigen Art.

»Darf ich fragen, was du hier machst?«

Die Fee mustert sie mit kritischem Blick, dann nickt sie und erklärt: »Darfst du. Ich bin schließlich eine Wunschfee und selbst, wenn der Wunsch nicht konkret ausgesprochen wird, spüre ich ihn und kann kaum umhin, ihn auch erfüllen zu wollen. Das liegt wohl in der Natur der Dinge.«

Einen Moment hält sie inne, dann fragt sie mit einer Kopfbewegung in Richtung des Baumes: »Weißt du, was das ist?«

»Der schönste Baum, den ich je gesehen habe?«, fragt Emma mit schiefem Grinsen und bekommt prompt einen tadelnden Blick zugeworfen.

»Das ist ein Wunschbaum. Nein, nicht nur irgendein Wunschbaum. Das ist DER Wunschbaum. Jeder Wunsch hängt hier. Jeder Vergangene, jeder Zukünftige und natürlich auch alle Gegenwärtigen.«

Sie macht eine bedeutungsschwangere Pause und fährt dann fort: »Ich bin anders, als andere meiner Art. Ich erfülle gerne - ja, aber immer schon hat mich auch die Essenz von Wünschen interessiert. Die große Frage nach dem Warum. Warum sind Wünsche, so wie sie sind? Und diese Suche hat mich jeden vor mir geäußerten Wunsch hinterfragen lassen und mich letztlich auch hergeführt.

Denn nur hier kann ich die Wunschformel finden, nach der ich schon mein Leben lang suche.«

Mit vor Stolz geschwellter Brust blickt sie nun in Emmas verwirrtes Gesicht. Ihr scheint nicht zu gefallen, was sie dort sieht und so schnaubt sie ungeduldig, bevor sie es erneut (und zwar sehr langsam und deutlich ausgesprochen) probiert: »Okay Emma, ich will es dir mal an einem EINFACHEN Beispiel erklären. Nehmen wir mal Wünsche wie ›Ich will Hähnchen!‹, ›Ich will Salat!‹, ›Ich will Pommes!‹ oder ›Ich will Reis!‹, dann sind das auf den ersten Blick vier verschiedene Wünsche und die Reihe ihrer kannst du ja beliebig fortsetzen. Aber wenn wir hinter dieses Offensichtliche blicken, also in die Essenz der Wünsche, dann steht hinter all diesen Wünschen nur ein Einziger: Nämlich ›Ich will essen!‹«

Gut. So weit kann Emma ihr folgen. Das scheint Raja ebenfalls zu erkennen und so setzt sie ihre Erklärung fort: »Fein. Das war ein einfaches Beispiel für meine Suche. Ich suche nämlich nach den Kernwünschen: Die Wünsche, die hinter all unseren (oberflächlich betrachtet) verschiedenen Wünschen stecken. Komm, ich zeig es dir!«

Sie fliegt an eine Stelle etwas abseits vom Wunschbaum. Der Boden dort ist über und über mit unzähligen leuchtenden Kugeln bedeckt. Neugierig nimmt Emma eine von ihnen in die Hand, die prompt ertönt: »Ich will Freunde!« Vor Schreck lässt sie den Wunsch wieder zu Boden fallen.

»Halt. Bleib da bloß weg, die haben eine Ordnung!«, schnauzt Raja sie an und fliegt die Kugel behutsam zu ihrem ursprünglichen Platz zurück. Die scheinbar vorherrschende Ordnung ist für Emma nicht ersichtlich.

»Die Wünsche habe ich sortiert. Alle nach ihrer Essenz«, erklärt Raja nun etwas milder und deutet auf eine

Ansammlung von Wünschen direkt vor Emma.

»Nimm ruhig einen«, muntert sie sie auf.

»Ich will Geld!«, ertönt die Kugel unter Emmas Berührung. Vorsichtig legt sie sie akkurat wieder an Ort und Stelle zurück und erntet dafür ein anerkennendes Nicken.

»Hier liegen noch mehr solcher Wünsche. Also ›Ich will ein größeres Haus!‹ oder ›Ich will ein schnelleres Auto!‹. Und nun schau hier.«

Raja deutet auf eine einzelne Kugel, die oberhalb des Haufens liegt und insistiert genervt: »Na los. Nimm sie!«

Emma fühlt sich in ihre Schulzeit zurückversetzt. Trotzdem nimmt sie die Kugel, die tönt: »Ich will besitzen!«

»Weißt du, was das bedeutet?«, fragt Raja und beantwortet ihre Frage dann selbst, »All diese Wünsche hier unten, egal wie verschieden sie wirken, hinter allen steckt nur dieser eine Wunsch. Und das ist noch nicht alles. Denn wenn du nach dem ›Warum‹ fragst, solltest du nie nach der ersten Antwort damit aufhören. Und so habe ich auch diesen Wunsch hinterfragt und siehe da ...«

Abermals deutet sie auf eine Kugel, die noch über dem Besitzwunsch platziert ist.

»Glaub ihr nicht.«

Neugierig greift Emma nach dem Wunsch, der daraufhin von sich gibt: »Ich will die Leere in mir füllen!«

»Wow!«, entfährt es ihr erstaunt, während sie die Kugel wieder an ihren Platz zurücklegt. Gespannt greift sie nach der nächsten Kugel.

»Ich will Liebe!«, erklingt diese.

»Das ist der Kernwunsch!«, kommentiert Raja sogleich euphorisch.

Emma lässt ihren Blick über das Kugelmuster schweifen, deutet dann auf eine andere Ansammlung und fragt: »Welche Wünsche liegen dort?«

»Die Vermeidungswünsche.«

Und als sie Emmas stutzigen Blick bemerkt, führt sie aus: »In meiner bisherigen Arbeit ist es oft vorgekommen, dass Wesen Vermeidungswünsche äußern. Sie wünschen sich dann zum Beispiel, dass eine leidvolle Situation oder eine Krankheit endet. Sie richten ihren Blick also auf etwas, das sie nicht wollen, anstatt auf das, was sie wollen. Jeden dieser Wünsche kann man in seinen Positivwunsch umformulieren. Dann wird ›Ich will nicht mehr krank sein!‹ zu ›Ich will gesund sein!‹. Ihr Wesen wisst leider nicht, dass jeder Positivwunsch um ein Vielfaches mächtiger ist, als noch so viele Vermeidungswünsche. Vor allem, weil euer Inneres das ›nicht‹ in einem Wunsch überhört und dann gar genau das Gegenteil versucht anzuziehen.«

Emma lässt sich das Gesagte durch den Kopf gehen und fragt dann: »Was machst du mit den Vermeidungswünschen?«

»Na, ich forme sie um. Und dann sortiere ich sie in die entsprechende Wunschgruppe.«

»Und was ist das hier für eine Gruppe?«

Emma deutet auf eine Wunschansammlung, die etwas abseits liegt.

»Hinter denen steht der Wunsch nach intakten Beziehungen. Doch der Kern ist ein anderer. Schau hin!«, sie nickt aufmunternd und Emma folgt ihrem Blick. Dort liegt eine Kugel, die sie eben bereits in der Hand hatte.

»Der Wunsch nach Liebe?«

»Exakt!«

»Welche Wunschgruppen gibt es noch?«

Raja scheint sich in ihrer Rolle sichtlich wohlzufühlen und so erklärt sie mit einem Funkeln in den Augen: »Nun ... wir haben da noch die Anerkennungswünsche, also sowohl Selbst- als auch Fremdanerkennung. Und dort liegen die Glück- und Zufriedenheitswünsche.«

Während ihrer Ausführung fliegt sie kreuz und quer über das Wunschmuster und deutet jeweils auf die entsprechende Kugelansammlung.

»Hier liegen die selbstlosen Wünsche. Und hier die Basiswünsche mit dem Kernwunsch ›Ich will leben!‹«

Während Emma das Muster nun eingehender betrachtet, erkennt sie, dass die meisten Wunschgruppen fächerförmig von einem einzigen, zentralen Wunsch ausgehend angeordnet sind. Jener, den sie bereits kennt: Der Wunsch nach Liebe.

»Münden all diese Wunschgruppen in der ›Ich will Liebe!‹-Kugel?«

Jetzt strahlt Raja förmlich, während sie feierlich nickt und wieder zu Emma herübergeflogen kommt.

»Der Kern von fast allen Wünschen ist der Wunsch nach Liebe: Selbst- und Fremdliebe. Das ist das Ergebnis aus meiner bisherigen Forschung.«

Das muss Emma erst einmal sacken lassen.

»Bist du dir sicher?«, fragt sie schließlich.

Zum ersten Mal blitzt Verunsicherung in Rajas Blick auf. Sie senkt ihn zu Boden und murmelt dann: »Ich kann nur sicher sein, dass es meine Schlussfolgerungen sind. Doch letztlich kann nur jedes Wesen für sich seine Wünsche hinterfragen und wahrhaft hinter sie blicken.«

»Ich finde deine Forschung wahnsinnig beeindruckend!«

»Danke«, haucht Raja so leise, dass Emma es eher von ihren Lippen liest, als dass sie es wirklich hört.

Gedankenversunken sitzen die beiden nun an den Wunschbaum gelehnt und genießen Silvias Kekse.

»Sag mal ... wünschst du dir eigentlich auch manchmal

was?«, fragt Emma nach einer Weile.

»Ich bin eine Wunschfee!«, ist die empörte Antwort. Dabei streckt Raja ihren kleinen Zauberstab demonstrativ in die Luft.

»Jaja ... das weiß ich. Aber heißt das denn, dass du dir selbst nichts wünschen darfst?«

»Emma, ich existiere nur wegen Wünschen anderer. Meine Natur ist es, Wünsche zu erfüllen - nicht sie selbst zu haben. Das ist womöglich mein großes Glück!«

Nach einem gedankenvollen Schweigen fährt sie fort: »Weißt du ... Wünsche können verheerende Folgen haben. Ohne deren Essenz zu kennen, wünscht ihr Dinge, die euch im besten Falle nur verwirren, im schlimmsten jedoch zerstören. Dabei ist ein Wunsch der Blick auf einen Mangel - auf das, was ihr eben zu verändern wünscht. Und dieser Blick bringt viel Unglück in eure Welt.«

Sie lässt ihre kleinen Schultern hängen und seufzt verhältnismäßig laut für ihre Körpergröße.

»Aber mein Wunsch hat mich weitergebracht«, wirft Emma da ein.

»Ja sicher. Viele Wünsche bringen euch weiter - wenn sie nah an ihrer Essenz sind. Aber bei den Vermeidungswünsche zum Beispiel oder all jenen, von denen ihr euch etwas versprecht, was gar nicht im Einklang mit der Essenz eurer Wünsche steht, ist das anders. Sie entfernen euch von eurem eigentlichen Wunsch und damit von euch selbst ... Und am aller schlimmsten«, sie macht eine dramaturgische Pause, eher sie fortfährt, »sind die unmöglichen Wünsche!«

Traurig blickt sie zu Boden.

»Inwiefern unmöglich?«

Ohne den Blick wieder aufzurichten, antwortet Raja: »Insofern, dass sie unerfüllbar sind. Selbst für mich.«

»Was ist zum Beispiel ein unmöglicher Wunsch?«

»Zum Beispiel, wenn du dir einen Toten zurück ins Leben wünschst«, entgegnet Raja, während ihr eine mikroskopisch kleine Träne über die Wange kullert, »Das kann nicht mal ich. Und das Schlimme ist, dass der Fokus auf solch einen unmöglichen Wunsch euer Leben in Traurigkeit hüllt. Ja und genau das meine ich. Wünsche sind gefährlich! Und glaub mir: Manchmal ist es wirklich ein großes Glück, nicht das zu bekommen, was man sich wünscht!«

Emma denkt nach. Über ihre Wünsche. Über Essenz. Doch noch ehe sie zu einem Ergebnis kommt, stellt Raja fest:»Ihr bräuchtet Wunschlehre. Ihr müsstet lernen, richtig zu wünschen. Oder es bedürfte nur einem Wesen, einem Etwas, dass sich für euch das Richtige wünscht ...«

Ihre Stimme klingt belegt und Emma begreift. Behutsam legt sie Raja ihren Zeigefinger auf die linke Schulter und sagt:»Ich bin sicher, du würdest die Welt damit verändern.«

Tränen und Dank treten in Rajas Augen.

Nachdem sie wieder die Kontrolle über sich erlangt hat, macht sich ein Schmunzeln in ihrem kleinem Gesichtchen breit. Das Schmunzeln wird zu einem Grinsen und das wiederum zu einem richtigen Lachen.

»Warum lachst du?« , fragt Emma verwundert.

Raja quiekt amüsiert auf und hält sich dabei das kleine Bäuchlein. Ein paar Momente muss Emma abwarten, bis sie sich wieder beruhigt hat und ihr antwortet:»Also du bist wahrlich das erste Wesen, das einen ganzen Nachmittag mit einer Wunschfee verbringt, ohne auch nur im entferntesten einen Wunsch zu äußern!«

Wieder bricht sie in schallendes Gelächter aus.

Als hätte ihr jemand eine Bratpfanne übergezogen, beobachtet Emma starr den Lachanfall. Doch da dieser bei Feen noch bedeutend amüsanter aussieht, als bei sonst einem Wesen, kann sie schließlich nicht anders, als ebenfalls loszuprusten.

Nachdem sich die beiden wieder beruhigt haben, wird es still und Schwere liegt in der Luft.

»Und? Willst du dir etwas wünschen?«, fragt Raja vorsichtig.

Just in diesem Moment wird Emma klar, dass sie hier und jetzt ihre Suche beenden könnte. Dass sie genau das bekommen könnte, was sie sich immer gewünscht hat. Mit einem Fingerschnippen oder vielmehr einem Zauberstabgewedele.

Eigentlich sollte sie diese Aussicht wohl glücklich stimmen, doch das tut sie nicht. Stattdessen fühlt sie sich leer und sinnlos. Und dabei hallen Rajas Worte in ihr nach ›Manchmal ist es wirklich ein großes Glück, nicht das zu bekommen, was man sich wünscht‹ ...

Wäre sie Raja schon zu Beginn ihrer Reise begegnet, hätte sie nie erlebt, was sie erlebt hat. Hätte nie Freundschaft geschlossen mit dem Hutmacher, mit Lisa und Lennard, mit Jemand und Theo (dem Weißen versteht sich). So viel wäre nie passiert, wenn ihr Wunsch direkt in Erfüllung gegangen wäre.

Was würde sie sich jetzt wohl alles nehmen, würde sie ihren Wunsch laut aussprechen? Um welche Erfahrungen und Begegnungen würde sie sich selbst berauben?

Verwundert, doch ihrem Gefühl folgend antwortet Emma schließlich: »Nein, ich möchte mir nichts wünschen!«

Nach einem langen anerkennenden Blick stellt Raja fest: »Du bist wirklich bedeutend klüger, als die meisten Wesen, Emma!«

13. KAPITEL

in dem sich das Rad stets weiter dreht

Aufbruchsbereit steht Emma vor Raja.

»Ich danke dir für deine kleine Wunschessenz-Einführung!«

»Es war mir eine Ehre!«, flötet Raja, bevor ihr Tonfall ernst wird, »Emma, wenn du dir je doch etwas wünschen möchtest ... Wünsche dir mich herbei und ich werde erfüllen, was ich erfüllen kann!«

»Ich muss dich einfach nur herbeiwünschen, damit du kommst?«

»Oh Emma, ihr Wesen habt echt keine Ahnung, wie viel Macht in einem Wunsch steckt - ob nun mit oder ohne Wunschfee!«

Sie rollt demonstrativ mit den Augen, aber Emma kann die kleinen Tränchen in ihnen funkeln sehen.

Zum Abschied versuchen sich die beiden zu umarmen, was sich aufgrund des Größenunterschiedes jedoch recht problematisch gestaltet. Etwas verlegen gehen sie wieder auseinander und Raja winkt ihr ein letztes Mal, bevor sie schnell hinter dem Wunschbaum verschwindet.

Noch jemand, der kein großer Fan von Abschieden ist. Emma sympathisiert und ist gleichsam stolz darauf, dass sie selbst den bittersüßen Abschiedsschmerz mittlerweile sogar fast ein bisschen genießen kann.

Den restlichen Tag streift Emma nur so umher, bezieht ihr Nachtquartier schließlich unter einer Fichte und setzt ihren Weg dann am nächsten Morgen durch den Wald fort.

Irgendwann trifft sie auf einen schmalen Pfad, dem sie bereitwillig zu folgen beginnt. Und so tritt sie nach einiger Zeit aus dem Wald hervor mit Blick auf eine Wiesenlandschaft, die sich in den verschiedensten Grüntönen vor ihr auftut. Um das Kitzeln des Grases spüren zu können, läuft sie abseits des Pfades, ihre Augen gemächlich auf den grünen Horizont gerichtet.

Als sie nun noch einmal alles in sich Revue passieren lässt, wird ihr klar, dass sie auf ihrer Suche eine ganz andere geworden ist. Lange schon ist sie nicht mehr dieselbe, die Sichtbar verlassen hat. Diese Emma hätte nie und nimmer auf einen Wunsch bei Raja verzichtet.

Während sie so ihren Gedanken nachhängt, bemerkt sie bunte Punkte, die sich in der Ferne über die Wiese erstrecken. Mit dem bloßen Auge kann sie noch nicht erkennen, woraus sie bestehen.

Mehr und mehr Punkte melieren das Wiesengrün.

Ein paar Meter vor ihr erkennt sie schließlich eine rotgrüne Verpackung, rechts von sich ein paar Dosen und noch ein Stückchen weiter eine weiße Plastiktüte, die sanft im Wind tanzt. Erstaunt lässt sie ihren Blick über dieses Müllpanorama schweifen.

Je weiter sie nun voranschreitet, desto mehr Müll verteilt sich auch um sie herum und immer weniger Grün ist zu sehen. Ein ätzender Geruch kriecht ihr langsam in die Nase und immer häufiger muss sie dem Müll ausweichen. Das erinnert sie an ihren Schlangenlinienweg durch den dichten Wald, doch im Gegensatz zu diesem beschleicht Emma jetzt ein immer bedrückenderes Gefühl. Das hier fühlt sich falsch an. Und zwar vollkommen falsch! Woher kommt nur der ganze Müll?

Neben dem Knistern einer Verpackung, der sie nicht hatte ausweichen können, vernimmt sie nun noch ein weiteres Geräusch. Ein Rauschen.

Immer höher stapelt sich der Müll und sie hat es mittlerweile aufgegeben, ihm auszuweichen. Stattdessen versucht sie darauf zu achten in nichts hineinzutreten, woran sie sich verletzen könnte. Und auch das ist gar nicht mal so leicht, denn überall liegen Glasscherben herum und kleine abgebrochene Plastikteile.

Das Rauschen wird immer deutlicher und Emma bekommt langsam eine Ahnung, worum es sich dabei handeln muss. Sie kennt es nur aus Erzählungen und Filmen. Doch von so viel Müll, war dabei weder die Rede noch die Sicht gewesen.

Und tatsächlich, als sie nun einen riesigen Müllberg erklimmt und versucht auf ihm das Gleichgewicht zu halten, erblickt sie das Meer. Oder genau genommen, erahnt sie es unter dem Müll, der es bedeckt. Die Wellen lassen ihn denselben Tanz tanzen, wie sie selbst.

Kein Strand ist zu sehen und das Blau des Meeres lässt sich nur an wenigen Stellen und lediglich für Bruchteile einer Sekunde erkennen. Tiefe Traurigkeit überkommt Emma. So hat sie sich ihren ersten Besuch am Meer definitiv nicht vorgestellt!

»Diese Welt ist ein schrecklicher Ort!«

Plötzlich verliert sie auf dem wabernden Müllberg das Gleichgewicht. Unsanft überschlägt sie sich, während sie den Berg wieder hinunterrollt. Der Müll gräbt dabei tiefe Schrammen in ihre Haut und der unausstehliche Geruch sticht ihr einnehmend in die Nase.

Als sie endlich zum Liegen kommt, richtet sie sich vorsichtig auf. Blut rinnt an ihrem Ellbogen herunter. Blut und irgendeine braune, klebrige Flüssigkeit.

Von der Szenerie und mindestens ebenso von dem Geruch angeekelt, beginnt Emma sich einen Weg fort von dieser Müllhalde zu bahnen. Jeden Schritt muss sie dabei mit Bedacht setzen, um nicht einzusacken. Je weiter sie sich dabei vom Meer entfernt, desto tragfähiger wird auch wieder der Untergrund und schließlich erreicht sie erneut die müllgesprenkelte Wiese. In einiger Entfernung entdeckt sie einen Baum (der Einzige, den sie hier weit und breit sehen kann) und steuert ihn geradewegs an.

Als sie ihn schließlich erreicht, lässt sie sich vor ihm auf den Boden plumpsen und lehnt sich erschöpft gegen seinen massiven Stamm. Während sie den ganzen Müll so vor sich sieht, bekommt sie das Gefühl, dass auch ihr Herz vermüllt von dem Anblick.

Da berührt sie eine sanfte Wärme sachte am Rücken und kriecht gemächlich in sie hinein. Energie! Emma lässt sich noch tiefer in ihre Position sinken und genießt die Energiezufuhr, die vom Baum ausgehen muss.

»Danke«, murmelt sie, während sich ihr Herz langsam reinigt. Ein kaum merkliches Pulsieren antwortet ihr. Erstaunt richtet sie sich auf. Ist das wirklich möglich?

»Lehne dich ruhig wieder zurück, so kann ich dich besser erreichen«, flüstert eine sanfte Brise ihr Worte ins Ohr, in einer Stimmlage, die sie noch nie zuvor vernommen hat. Sie klingt andersartig, unvergleichlich. Zart und gleichsam kräftig, geflüstert wie gesprochen, hoch und ebenso tief. Als wären alle Pole in ihr vereint - bewegt und dynamisch.

Gehorsam lehnt sich Emma wieder zurück und die Energiezufuhr intensiviert sich.

»Ihr könnt sprechen?«, stellt sie die überflüssige Frage.

»Nicht alle. Doch ich bin ein sehr, sehr alter Baum und habe wenig lebende Gesellschaft hier. Viel Zeit alleine hält viel Raum für innere Entwicklung bereit.«

Emma könnte ewig dieser einzigartigen Stimme lauschen. Mit jeder Silbe scheint sie sich minimal zu verändern. Nicht nur in der Tonhöhe, sondern mit ihrem ganzen Sein. Als wäre sie selbst die pure Veränderung.

»Wieso gibst du mir Energie? Ich wusste nicht, dass ihr das könnt.«

»Weil du sie brauchst und du bist ich, so wie ich du bin. Also gebe ich dir, weil ich sie brauche!«

Seine Worte berühren Emmas Herz, während sie an ihren Kater denken muss.

»Warum machen das nicht alle Bäume?«

»Weil sich die meisten von ihnen nicht mit euch verbinden. Ihr seid ihre Bedrohung. Schau dich um. Ihr seid der Feind der Natur. Die Tiere sind verbunden mit uns, sie wissen, dass wir die Basis sind, die Grundlage allen Lebens. Aber ihr Wesen ...«, er schweigt schmerzlich, »... ihr seid ein Virus. Zerstört, was ihr zum Leben braucht. Dabei könnten wir alle miteinander verbunden sein.«

Emma weiß darauf nichts zu erwidern.

Nach einer schweigenden Weile fährt der Baum daher fort: »Ihr glaubt an Unabhängigkeit. Doch ist Unabhängigkeit nur eine Illusion durch die ihr eure Welt seht. Denn alles, was ist, besteht nur in Abhängigkeit, in Verbindung mit allem Sein. So hat an dem Brot, das ihr auf eurem Tisch habt, nicht nur der Verkäufer Anteil, sondern auch der Bäcker. Bei ihm hört die Kette aber nicht auf, denn dieser hat die Zutaten bei wieder anderen Verkäufern erstanden. Und irgendwo wurden diese Zutaten verpackt. Sie wurden angebaut, herangezogen und schließlich geerntet. Und selbst die Samen dieser Pflanzen haben einen Ursprung ... Ihr Wesen seid so blind. Ihr seht nicht, wie alles miteinander verbunden - wie alles eins ist!«

Emma lässt ihren Blick schwermütig über den vermüllten Horizont wandern.

»Das waren wir?«

»Wer sonst?«, ist die dynamische Antwort und ohne mehr Informationen zu benötigen, glaubt Emma ihm. Sie ist in Sichtbar aufgewachsen, sie hat Alles gesehen ... Sie weiß, dass Wesen nehmen, ohne die Konsequenzen zu bedenken - sie selbst eingeschlossen.

»Das muss sich verändern«, spricht sie ihren Gedanken laut aus.

»Nichts muss.«

»Ich werde das verändern«, entgegnet Emma dieses Mal mit mehr Elan.

»Ihr jungen Wesen ... ihr wollt immer gleich die Welt verändern, dabei solltet ihr bei euch selbst beginnen! Denn wie willst du die Welt verändern, ohne dich selbst zu verändern?«

»Warte einen Moment!«

Sie schließt ihre Augen und beginnt einen Wunsch zu spüren, bis dessen Präsenz sie durch und durch erfüllt.

»Hui. So schnell habe ich nicht damit gerechnet«, erklingt Rajas Stimmchen vor ihr. Und als Emma die Augen öffnet, schaut sie ihr direkt entgegen. Am liebsten hätte sie sie feste gedrückt, erinnert sich aber an den peinlichen letzten Versuch und lässt es daher lieber bleiben.

»Das klappt ja wirklich«, ruft sie stattdessen erstaunt und erntet einen abschätzigen Blick.

»Ja aber natürlich funktioniert das!«

Jetzt erst sieht Raja sich um. Dabei weiten sich ihre Augen vor Entsetzen. Nach einem Moment innerlicher Sammlung kommentiert sie anerkennend: »Okay, das ist mal so was von einen Wunsch wert!«

Da meldet sich auch der Baum wieder zu Wort: »So

lange habe ich keine Wunschfee mehr gesehen. Schön dich kennenzulernen. Ich bin Ahron.«

»Oh. Ich bin übrigens Emma!«, versucht diese ihre Unhöflichkeit wettzumachen und errötet.

Raja schüttelt pikiert den Kopf, ehe sie sich selbst vorstellt: »Ich bin Raja. Freut mich sehr, Ahron.«

Als keiner etwas sagt, blickt sie auffordernd in die Runde: »Na los. Ich spüre ihn doch. Sprich ihn aus, damit ich ihn erfüllen kann!«

»Also gut. Ich wünsche mir, dass all der Müll hier verschwindet!«, ertönt Emmas Stimme voller Inbrunst.

Raja wedelt mit ihrem Zauberstab, der mehr und mehr Glitzerstaub ausstößt und damit den Horizont pudert. Und dann plötzlich, vom einen Moment auf den anderen, ist der Müll einfach verschwunden. Keine einzige Verpackung ist mehr zu sehen. Dafür aber das gelb und braun gewordene Gras, das der Müll zuvor noch unter sich begraben hat.

Ahron seufzt mitfühlend. Zumindest glaubt Emma, dass der Laut, den er von sich gegeben hat, ein Seufzen ist.

»Sie brauchen nur etwas Zeit«, reagiert Raja milde.

»Die haben sie aber nicht. Der Müll wird wiederkommen«, entgegnet er.

»Wie meinst du das?«, fragt Emma, die dachte soeben die Welt verbessert zu haben.

»Ich bin dir wirklich dankbar für deinen Wunsch, Emma. Aber damit hast du nur das Symptom beseitigt, nicht aber die Krankheit, die es auslöst. Du hast der Natur eine Verschnaufpause geschenkt. Aber solange die Puppenspieler weiterspielen und Wesen machen, was sie eben machen, werden wir auch weiterhin mit Müll überflutet.«

Schon wieder diese Puppenspieler. Die Zusammenhänge, in denen sie genannt werden, gefallen Emma ganz und gar nicht und sie verspürt just in diesem Moment eine einnehmende Abneigung gegen sie.

»Was genau machen diese Puppenspieler?«, fragt sie mitten in ihre Abscheu hinein. Auch Rajas Gesicht verzieht sich verächtlich, während sie antwortet: »Sie sind die Essenz der Weltprobleme. Sie ziehen die Fäden bei so vielem, das falsch läuft.«

»Aber ... kann ich mir nicht einfach wünschen, dass sie aufhören?«, beginnt Emma zu überlegen.

»*Halt dich bloß da raus!*«

Da meldet sich Ahron traurig zu Wort: »Das kannst du. Und die jetzigen Puppenspieler würden aufhören und genauso wie bei dem Müll folgen alsbald neue Puppenspieler und halten das Rad am Laufen - und damit das immer gleiche, endlose Spiel.«

Die tiefe Resignation, die in seiner Stimme mitschwingt, ergreift auch Emma.

Es muss doch irgendeine Lösung geben ...

Und da keimt plötzlich ein Gedanke in ihr auf und noch ehe sie ihn zu Ende gedacht hat, fragt sie: »Wo sind die Puppenspieler?«

»Na am Spielfeldrand«, antwortet Raja mit einer hochgezogenen Augenbraue.

Diesmal ist es Emma, die mit den Augen rollt

»Jaja. Und wo genau ist das?«

»Das wissen vermutlich nur die Spielmacher.«

»Okay«, Emma ist bemüht ihre Gedanken zu sortieren, »ich muss das Problem - nicht das Symptom - beheben. Nur so kann ich die Welt verändern. Also Raja ... Ich habe einen weiteren Wunsch!«

Entsetzen huscht über Rajas Gesichtchen: »Nein, nein, nein! Mach das nicht, Emma. Lass das! Das ist eine vollkommen dämliche Idee!!«

»Mach das nicht!!! Lass es sein!!«

Emma richtet sich auf, berührt Ahrons Rinde sachte und verabschiedet sich dann fest entschlossen mit den Worten: »Danke! Raja, ich wünsche mich zu den Puppenspielern!«

»Ahhhhhhhrrrrgggggg!«, wehrt diese sich wutentbrannt, während sie versucht ihre linke Hand vom Zauberstabwedeln abzuhalten. Keine Chance. Der Zauberstab schwenkt durch die Luft und schwups, ist Emma verschwunden und Rajas Flüche bleiben mit ihr und Ahron am Meer zurück.

14. KAPITEL

in dem Emma den Kern der Weltprobleme kennenlernt

Der plötzliche Szenenwechsel macht ihrem Verstand schwer zu schaffen. Von einem Moment auf den anderen befindet sie sich nicht länger am Meer bei Ahron und Raja, sondern in einem abgedunkelten Raum. Von sanften Hängelampen beschienen, ist er ausgestattet mit einer Theke und einem großen Tisch, um den herum Emma drei Gestalten ausmachen kann, die ihre Blicke starr auf die Tischmitte richten.

Um besser sehen zu können, macht sie einen Schritt vorwärts. Da blickt einer von ihnen auf und schaut Emma direkt in die Augen.

»Da ist ein Wesen«, sagt er emotionslos zu den anderen, die nun ebenfalls ihre Köpfe heben.

»Oh nein ... Wo hast du dich da nur rein manövriert?«

Beim näheren Betrachten erkennt Emma, dass da vor ihr drei Holzpuppen sitzen. Der, der sie als erster gesehen hat, trägt ein goldenes Monokel, einen Schnauzbart und im Gegensatz zu den anderen beiden, ist seine Masse beinahe ebenso beeindruckend, wie die der Perlen. Doch noch mehr an ihm erinnert sie an Alles. Seine gesamte Kleidung wirkt edel, glitzert und funkelt. Auch seine Finger sind Schmuck behangen und auf einem der Ringe prangt eine große, goldene Eins.

Die Puppe direkt vor Emma fragt nun förmlich: »Wie kommen Sie hier herein?«

Er trägt einen grauen Anzug, grau-weißes Haar und in seinem hölzernen Gesicht sind unzählige Falten eingeschnitzt. Eine eingestickte Zwei ist auf dem beigen Einstecktuch zu erkennen, das in einem perfekten Dreieck aus seiner Brusttasche herausragt.

Bevor Emma antworten kann, feuert die dritte Holzpuppe zu ihrer Rechten los: »Na los! Mach den Mund auf! Was tust du hier? Wie bist du hier reingekommen? Wer hat dich beauftragt?«

Er trägt eine schmierig glänzende Haartolle auf dem Kopf und eine reflektierende Sonnenbrille auf der Nase, durch die Emma zwar nicht seine Augen, dafür aber ihr eigenes Spiegelbild sehen kann. Beim genaueren Hinsehen kann sie außerdem eine kleine, eingravierte Drei in dem Gestell erkennen.

Perplex von all den Fragen versucht sie einen höflicheren Start, als sie ihn mit Ahron hatte: »Hallo. Ich bin Emma. Ich komme aus Sichtbar.«

Irgendwie gefällt ihr ganz und gar nicht, wie oft sie sich dieser Tage in ihre Schulzeit zurückversetzt fühlt.

Drei Augenpaare blicken sie verwundert an, während die Puppe im grauen Anzug ihr seine Hand entgegenstreckt: »Herzlich willkommen. Ich bin Zwei.«

Die beiden anderen werfen ihm einen missbilligenden Blick zu. Dann taxieren sie Emma wieder, die nun kräftig die fischige Hand schüttelt. Nur für den Bruchteil einer Sekunde fühlt sie da etwas Eigenartiges an dieser Holzhand - viel zu kurz, um darauf zu kommen, was es ist.

Da deutet Zwei auch schon auf die beiden anderen: »Das ist Drei und das ist Eins.«

»Warum Zahlen?«, rutscht es Emma heraus.

Eins blickt sie nüchtern an: »Sie zählen!«

Und schon wirft ihr Drei wieder feurige Fragen entgegen: »Willst du nicht langsam mal antworten? Was tust du hier? Wie hast du hergefunden? Was hast du vor?«

Sie überlegt kurz und entscheidet sich dann zumindest einen Teil seiner Fragen wahrheitsgemäß zu beantworten: »Ich bin hier, um zu verstehen, was es mit dem Spiel auf sich hat. Und ich habe mich hergewünscht.«

»Hergewünscht? Lächerlich! Du willst uns also ausspionieren? Das ist ja wohl sensationell!«, klingt er wie der Kommentator eines Fußballspiels und Emma fühlt sich dabei leicht unverstanden.

»Wie verdienst du dein Geld?«, beginnt nun auch Eins sein Verhör, während er sein Monokel zurechtrückt. Mit solchen Fragen ist sie in Sichtbar oft genug in Verlegenheit gebracht worden.

»Ich ... ähh ... ich verdiene kein Geld«, stammelt sie und fühlt sich dabei zunehmend unwohler in ihrer Haut. Eins schnaubt verächtlich und senkt seinen Blick dann wieder auf den Tisch, als hätte er just jegliches Interesse an ihr verloren.

Wieder an ihre Mission erinnert, macht Emma einen Schritt nach vorne, um endlich zu sehen, was sich da so Fesselndes auf dem Tisch befindet.

Dort erstreckt sich eine riesige Landkarte, auf der etliche kleine Figuren verteilt sind. Vor jeder der Holzpuppen kann Emma einen Stapel bunter Spielchips ausmachen.

»Spion!«, schreit Drei, während er melodramatisch aufspringt und mit dem Finger auf sie zeigt. Seine Sonnenbrille blitzt dabei kurz im Lichtkegel auf.

Emma entgegnet schlicht: »Ich bin kein Spion!«

Und einem Impuls folgend redet sie sich aus der Affäre: »Ich bewundere einfach euer Spiel und die Macht, die ihr über unsere Welt habt.«

Just blickt Eins wieder interessiert zu ihr auf. Während sich Drei auf seinen Stuhl zurücksinken lässt, ergreift die graue Zwei das Wort: »Nun gut. Wir bedanken uns für Ihre Bewunderung. Wahrlich bewirken wir Großes mit unserem Spiel. So setzen Sie sich doch zu uns und werfen einen kurzen Blick darauf. Dann aber verlassen Sie uns sogleich wieder. Wir haben noch Großes geplant!«

Er deutet auf einen der Barhocker am Tresen. Emma zieht ihn zum Tisch heran und lässt sich zwischen Zwei und Drei nieder. Endlich kann sie das Spielfeld genauer in Augenschein nehmen. Da sie noch nie zuvor eine Weltkarte gesehen hat, braucht sie eine Weile, um Sichtbar darauf ausfindig zu machen. Schnell findet sie von dort aus Alles und Nichts und begutachtet die kleinen Runden Perlchen und Nadeln, die als Figuren dienen. Dem Fluss folgend ist es ihr ein Leichtes Danken und das schwarze Monstrum zu finden. Und schließlich huscht ihr Blick zum Meer, das mit einem Haufen kleiner, bunter Plastikbällchen geschmückt ist.

Da greift sich Zwei plötzlich ans faltige Ohr und schon im nächsten Moment steht er auf, geht schwerfällig und ungelenk um den Tisch herum und entfernt die Kügelchen.

»Nachricht von oben«, erklärt er seinen Spielgefährten sachlich.

Noch eine Vielzahl anderer Orte, bestückt mit unterschiedlichsten Figuren, lassen sich auf dem Spielfeld begutachten. Nach einer Weile, in der Emma gleichermaßen Abscheu und Faszination beschleichen, fragt sie schließlich: »Worum genau geht es hier eigentlich?«

Eins mustert sie über sein Monokel hinweg und antwortet dann: »Es geht um alles. Es geht um mehr. Es geht um Macht. Aber hauptsächlich geht es um das Spiel selbst.«

Seine Worte jagen ihr einen kalten Schauer über den Rücken.

»*Hau ab! Sofort!!!*«

Da ergänzt Zwei mit müden Augen: »Gemeint ist natürlich nicht wirklich alles und mehr. Und Macht ist ja ohnehin eine sehr relative Angelegenheit ... Wir bewirken hier natürlich sehr viel. Und es ist ein gemeinsamer Weg. Ein gemeinsames Handeln und Wirken.«

Emma versteht kein Wort von dem, was er ihr zu sagen versucht und noch ehe er weiterschwafeln kann, unterbricht ihn Drei mit enthusiastischem Tonfall: »Dieses Spiel ist unfassbar! Es ist unvergleichlich und einzigartig! Es ist das Größte, das seit Menschengedenken gespielt wurde! Es schreibt Geschichte!«

Begeistert fährt er sich dabei durchs schmierige Haar, was gänzlich unsinnig erscheint, da es ja ebenso aus Holz besteht, wie der Rest seines Kopfes.

Wirklich schlauer ist Emma nach diesen Ausführungen irgendwie nicht, daher konkretisiert sie: »Was habt ihr mit diesem Monstrum da zu tun?«

Sie deutet auf den schwarzen, eckigen Klotz.

Vollkommen euphorisch, hibbelig und zugleich mit vor Stolz geschwellter Brust, erklärt Drei: »Sensationell! Meine Hinterlassenschaft! Wenn ich das überall erreiche, werden alle Teil meines Spiels!«

Emma erinnert sich an die Wesenzombies. Fassungslos entfährt es ihr: »Warum machst du das?«

Selbstverliebt rückt er seine Sonnenbrille zurecht und bedenkt sie mit seinem strahlenden, für ihren Geschmack viel zu perfekten Grinsen: »Um zu gewinnen, Darling!«

»Wer gewinnt hier denn?«, fragt sie entsetzt.

»Na wir!«, ertönt es da zeitgleich aus allen Mündern.

Ein Klirren ertönt auf den Spielchiphaufen.

»Was war das?«, fragt Emma und ist sich dabei eigentlich sicher, dass die Türmchen ein paar Chips hinzugewonnen haben.

Zwei blickt sie an, ohne ihr direkt in die Augen zu sehen und erläutert monoton: »Nichts war das. Nichts ist passiert. Sie können mir wirklich vertrauen. Ich bin für Sie da. Ja mehr noch. Ich vertrete Sie! Ich bewege für Sie!«

»Für mich? Soll das ein Witz sein? Das hier hat ja wohl gar nichts mit mir zu tun und du bist nur eine dämliche, alte Holzpuppe - wie könntest du mich da bitte vertreten?!«

Überraschtes Schweigen folgt auf ihren Wutausbruch und erst nachdem Emma ihre Fassung wiedergewonnen hat, fragt sie: »Was ist mit Alles und Nichts?«

Eins füllige Nase streckt sich gen Himmel, während er seinen Schnauzbart zurechtstreicht und sie herablassend in Kenntnis setzt: »Das wiederum ist mein Werk. Es strotzt vor Genialität. Und was noch viel wichtiger ist: Es wirft Unmengen an Profit ab.«

Demonstrativ hält er ihr mit der einen Hand seine Diamantfinger entgegen, während er mit der anderen ein paar seiner Chips durch die wulstigen Finger gleiten lässt.

»Das kann doch nicht dein Ernst sein!?«, ruft Emma empört, während sie sich tatsächlich Ernst an ihre Seite wünscht, »Hast du jemals das Nichts gesehen? Wie sehr die Menschen dort leiden und hungern? Dass sie sterben, weil ihnen alles genommen wird?? Wie kannst du nur auf so etwas stolz sein???«

Bei den letzten Worten bekommt ihre Stimme beinahe einen hysterischen Unterton.

»Kindchen, Spiel ist Spiel und wir gewinnen. Um mehr geht es hier nicht«, funkelt er und seine emotionslose

Stimme macht Emma dabei so aggressiv, dass sie ihm am liebsten über den Tisch hinweg entgegengesprungen wäre. Doch zuvor entdeckt sie etwas, das sie davon abhält: Das faltige Gesicht von Zwei hat urplötzlich etwas Mitfühlendes angenommen. Verunsichert blickt er zu ihr auf und fragt: »Sie sterben?«

Dann wirft er einen Blick zu Eins herüber, der eine wegwerfende Handbewegung macht. Emma nickt bekräftigend, sich an den ihr gereichten Strohhalm klammernd.

»Vielleicht sollten wir dort anders entscheiden«, überlegt Zwei nun laut. Und schon wieder (dieses Mal nur vor ihm) beginnt es zu klirren. Einige Momente lang kann Emma nun beobachten, wie sein Haufen Chip um Chip wächst.

Da erhebt Drei seine wahnsinnige Stimme: »Spiel ist Spiel! Es sind nur Spielfiguren! Aber wir ... wir sind die Spieler!«

Emma beißt ihre Zähne fest aufeinander.

Da fügt sich Zwei: »Manche Dinge sind unveränderbar. So leid mir das tut. Ich mache wirklich alles in meiner Macht Stehende. Aber selbst mir sind dann und wann die Hände gebunden.«

Er schafft es nicht, ihr dabei in die Augen zu sehen.

Emma ballt ihre Hände unter dem Tisch zu Fäusten. Nach ein paar tiefen Atemzügen ergreift sie wieder das Wort: »Ich verstehe das nicht. All das Leid, all der Schmerz und ihr sitzt hier und spielt, als würde es nicht ums Leben gehen. Wesen sterben, Natur vergeht und ihr sitzt hier und kassiert Spielchips. Warum zur Hölle tut ihr das?«

Schweigen.

Dann blicken sie drei gierige Augenpaare direkt an und im Chor erschallt: »Weil WIR gewinnen!«

Wortlos schiebt sie den Barhocker zur Seite und wendet sich ab. Jeder noch so kleine Teil von ihr schreit danach, schnellstmöglich hier zu verschwinden.

Diese Puppenspieler würde sie ganz sicher nicht bekehren. Mit weitem Abstand sind sie das Gefährlichste, das Emma je zu Gesicht bekommen hat.

Gefährlich dumm, ignorant und gierig.

Da ertönt Dreis Stimme noch einmal energisch hinter ihr: »Wir sind Spieler! Das ist ein Spiel! Jeder erfüllt seine Rolle und WIR gewinnen!«

Ein letztes Mal blickt sie wütend in die Runde.

Doch was ist das?

Für einen kurzen Augenblick blitzt da etwas im Schein des Lichtkegels auf. Sind das etwa Fäden, die von den Holzpuppen hinauf zur Decke steigen? Sind sie tatsächlich, wonach sie aussehen?

Emma reibt sich ungläubig die Augen, aber schon im nächsten Moment, kann sie die Fäden nicht länger erkennen.

Kopfschüttelnd und erhobenen Hauptes verlässt sie den Puppenspielerraum, bemüht erst in Tränen auszubrechen, wenn sie keines dieser Monster mehr sehen kann.

15. KAPITEL

in dem Kinder verbinden

Emma hat keinen Schimmer, wo sie ist. Das Quartier der Puppenspieler hat sie schnurstracks und eiligen Schrittes verlassen. Alleine zu wissen, dass diese Monster noch in ihrer näheren Umgebung sind, löst ein beklemmendes Gefühl in ihr hervor.

Da das Quartier mitten auf einer Bergspitze liegt, muss sie sich nun konzentrieren, bei ihrem rasanten Abstieg nicht den Halt zu verlieren, den sie doch ohnehin schon verloren fühlt.

Selbst mit Mühe ist es ihr unmöglich die Puppenspieler auch nur ansatzweise nachzuvollziehen. Ihre bodenlose Ignoranz macht Emma erst wütend, dann traurig und je trauriger sie wird, desto mehr Energie verliert sie. Und da muss sie auf einmal an Theo denken. Wie gerne sie jetzt wieder in Sichtbar wäre, neben ihm sitzend. Seine dezente Wärme tankend ...

»Genau, geh zurück nach Sichtbar! Diese Reise war von Anfang an eine miese Idee.«

Emma weiß weder wo sie ist, noch wohin sie geht. Sie weiß nur, dass sie hier weg muss. Weg von allem. Vor allem aber weg von ihren Gedanken und Gefühlen. Und tatsächlich beginnt sie mit jedem weiteren mühevollen Schritt eine wohltuende Leere zu erfüllen.

Mit der Energie verliert sie auch jede Hoffnung.

Plötzlich kommt ihr ihr naiver Wunsch unglaublich lächerlich vor. Wie hatte sie nur glauben können, dass sie die Welt verändern kann? Sie hätte auf Raja hören und sich diese Erfahrung sparen sollen.

Reue kriecht Emma tief unter die Haut und vermischt sich dort mit der Resignation und Leere.

Es müssen Stunden sein, in denen sie so den Berg hinab eilt. Dabei fällt ihr die natürliche Schönheit, die sie umgibt, gar nicht auf. Sie bemerkt auch nicht, wie die Sonne langsam untergeht und erst als sie kaum noch den Boden unter ihren Füßen erkennen kann, wacht sie allmählich aus dieser Trance auf.

Sie ist bereits am Fuße des Berges angelangt. Einen Moment überlegt sie, ob sie sich einen Schlafplatz suchen soll, entscheidet sich dann aber dagegen und setzt ihren Weg stattdessen fort.

Eher schlurfend als gehend, eher in sich zusammengesackt als aufrecht, bewegt sie sich durch den Wald. Die Bäume erkennt sie in der Dunkelheit meist viel zu spät, was ihr Tempo zusätzlich beeinträchtigt. Hier und da blitzt das Augenpaar eines Tieres auf. Angst hat Emma keine. Überhaupt ist ihr kaum eine Emotion geblieben. Die Wut ist verraucht und selbst die Traurigkeit ist der Leere gewichen. Alles Tun scheint ihr plötzlich trivial und unnütz.

Da leuchtet etwas in einiger Entfernung vor ihr auf. Wegen des Kontrastes scheint es heller, als es das wohl tatsächlich ist. Während Emma näher kommt, erkennt sie, dass es sich um ein Gebäude handelt. Ein riesiges Gebäude. Unzählige Bogenfenster werfen dynamisch tanzendes Kerzenlicht zu ihr heraus in die Dunkelheit. An der Fassade sind Verzierungen zu erkennen, die die schlichte Wirkung des Bauwerks allerdings nicht schmälern und direkt vor Emma befindet sich ein großes Holztor. Da sie mit ihren Emotionen jedoch auch ihre Neugierde verloren hat, wendet sie sich ab, um ihren Weg fortzusetzen.

»Ja genau. Geh weiter. Finde einen Weg zurück nach Sichtbar.«

Erst vernimmt sie ein leises Knarzen, dann eine Kinderstimme hinter sich: »Ich habe dich von meinem Fenster aus gesehen. Komm herein. Wärme dich auf. Ich sehe, du brauchst etwas.«

Emma dreht sich um.

In dem geöffneten Tor steht ein Mädchen, etwa sechs oder sieben Jahre alt. Es trägt ein Gewand, das aus verschieden gemusterten Flicken besteht und irgendwie feierlich wirkt. Ihre Haare sind bis auf ein paar Millimeter abrasiert, was ihren filigranen, weichen Gesichtszügen keinen Abbruch tut. Irgendetwas an diesem Mädchen zieht Emma an.

Nein, nicht nur irgendetwas, sondern Energie.

Die Intensität des Leuchtens erinnert an ihren Kater. Dieses Mädchen scheint, ebenso wie er, in jeglicher Form verbunden zu sein.

Blasse Energiefäden reichen schwungvoll zu Emma herüber und berühren sie sachte. Es fühlt sich so an, als würden sie sie behutsam und doch unausweichlich zu ihrer Quelle ziehen. Emma lässt es geschehen und folgt wortlos ins Innere des Gebäudes.

Kaum hat das Mädchen das Tor hinter sich geschlossen, überbrückt es den Abstand zwischen ihnen und umschließt Emma mit ihren kleinen Armen.

Ohne die Umarmung zu erwidern, lässt diese zu, dass die Energie in sie eindringt. Rasch wird ihr ganzer Körper geflutet und aufgeladen. Die Leere schwindet und ihre Emotionen kehren zurück. Dankbar erwidert sie nun auch die Umarmung. Dann löst sich das Mädchen sanft, macht einen Schritt zurück und stellt sich vor: »Ich bin Dalie!«

Auch Emma stellt sich vor, ehe sie bemerkt: »Dalie ist aber ein ungewöhnlicher Name.«

»Ich weiß«, ihre rehbraunen Augen leuchten auf, »Ich habe ihn mir selbst gegeben. Aber jetzt komm erst mal mit, du bist sicher hungrig.«

Sie bedeutet Emma, ihr zu folgen und so laufen die beiden den Korridor entlang, der vom Eingangsbereich abgeht. An den Wänden hängen kunstvolle Bilder. Die Motive sind schlicht: eine Orange, eine Lilie, ein Ahornbaum ... Aber die Farbtöne, Muster und Schattierungen sind so einzigartig, intensiv und wunderschön, dass es Emma schwerfällt, nicht vor jedem Bild stehen zu bleiben.

»Wer hat die gemalt?«, fragt sie ehrfürchtig.

»Wir.«

»Ihr?«

»Ja, wir Kinder hier im Kloster«, erklärt Dalie und biegt links ab in einen großen abgedunkelten Speisesaal. Überall stehen langgezogene Mahagonitische und Emma kann im Vorbeigehen verschiedenste Schnitzereien in ihnen entdecken.

Dalie nimmt eine der wenigen entfachten Kerzen aus einem der Kerzenständer, die entlang der Wand angebracht sind und stellt sie auf den Tisch vor ihnen.

»Hier. Setz dich. Ich hole dir etwas zu essen!«, mit diesen Worten verschwindet sie in den angrenzenden Raum.

Emma lässt ihren Blick durch den Speisesaal schweifen. Alles wirkt irgendwie beruhigend, nahezu besinnlich. Auch hier hängen Gemälde an den Wänden - eins schöner als das andere. Es fällt ihr schwer, sich vorzustellen, dass wirklich Kinder sie gemalt haben sollen.

Ein genauerer Blick auf den Tisch zeigt ihr, dass neben den kunstvollen Blumen, Bäumen und Schnörkeleien auch ganze Sätze in ihn eingeschnitzt sind. Direkt vor der Kerze steht in schwungvoller Schrift:

> *›Gestern war ich klug und wollte die Welt verändern.*
> *Heute bin ich weise und möchte mich verändern.‹*
> *Rumi*

Ein warmer Schauer durchfährt Emma beim Lesen. Doch als sie gerade beginnt zu überlegen, was die Worte für sie bedeuten, kommt Dalie schon mit einem Teller voller Obst zurück und setzt sich ihr gegenüber auf die Bank.

»Danke«, sagt Emma und beißt genüsslich in einen rotgrün gesprenkelten Apfel. Kaum merklich nickt Dalie und schlägt dann vor: »Das zweite Bett in meinem Zimmer ist noch nicht belegt. Du kannst dort schlafen, wenn du möchtest.«

»Das wäre toll!«, erwidert Emma aufrichtig.

Glockengeläut weckt sie aus einem unruhigen Schlaf. Sie hat von den Puppenspielern und gigantischen Müllbergen geträumt, in denen sie amüsiert herumschwammen. Ganz deutlich hat sie dieses Mal Fäden erkannt, die von den Holzpuppen ausgehend in den Himmel hinaufragten.

»Guten Morgen«, strahlt Dalie ihr entgegen, die gerade das Zimmer betritt.

Gerädert streckt Emma sich ausgiebig, registriert die Dunkelheit hinter dem Bogenfenster und murmelt: »Wie viel Uhr ist es?«

»Na drei Uhr in der Früh«, trällert Dalie mit einer für diese Uhrzeit vollkommen unangemessenen guten Laune (findet Emma zumindest).

»Los. Steh auf. Es ist Zeit für die Morgenmeditation.«
Vorfreude schwingt in ihrer Stimme mit.

Emma gibt wenig motiviertes Geknöttere von sich und korrigiert: »Nachtmeditation meinst du wohl.«

Dalie kichert, ohne dabei ihren auffordernden Blick abzuwenden.

»Na gut. Wenn es sein muss«, gibt Emma schließlich nach und erhebt sich von ihrem Schlafplatz.

Fast denselben Weg, den die beiden am Vorabend gegangen sind, gehen sie nun wieder zurück. Doch statt dem Gang zum Speisesaal zu folgen, biegen sie in die entgegengesetzte Richtung ab und schlendern einen schmalen Korridor entlang, der schließlich in ein breit angelegtes Außengelände führt.

Die große Wiesenfläche ist von weißen Säulen umgeben und es hat bereits eine Schar Kinder auf ihr Platz genommen. Sie haben die Haare ebenso abrasiert und tragen dieselben Flickengewänder wie Dalie. In Kreisform angeordnet sitzen sie im Schneidersitz auf dem Boden. Eine angenehme Stille hüllt den Platz ein. Dalie sucht sich eine freie Stelle und deutet für Emma auf den leeren Platz neben sich.

Diese versucht sich nun ebenso in den Schneidersitz zu setzen wie alle anderen (bei denen das übrigens leicht und entspannt aussieht), aber es mag ihr nicht so recht gelingen. Ihre Knie ragen in die Höhe, statt sich mit dem Boden zu verbinden und unbequem ist das Ganze obendrein.

Dalie kichert bei dem Anblick.

»Das wird mit der Zeit besser«, muntert sie sie auf, nachdem sie Emmas finsteren Blick bemerkt.

Wieder ertönen die Glocken und Dalie erklärt: »So,

wenn die Glocken dieses Mal enden, beginnen wir. Es geht darum, den neuen Tag zu begrüßen und uns mit allem Sein zu verbinden. Dafür schließen wir unsere Augen und konzentrieren uns auf unseren Atem, denn der verbindet uns mit allem Leben. Dabei versuchen wir uns dieser Verbindung immer bewusster zu werden und sie wirklich zu spüren. Probiere es einfach mal aus. Es muss nicht gleich gelingen.«

Emma weiß nicht recht, was sie davon halten soll. Sie hat Wesen, die meditieren und so reden immer insgeheim (na gut ... um ehrlich zu sein, sogar ziemlich offensichtlich und herablassend) belächelt. Doch eigentlich hat sie ja schon einiges von ihrem alten Ich auf ihrer Reise hinter sich gelassen und schaden wird das hier wohl nicht.

Das Glockengeläut verstummt und um sie herum schließen sich zeitgleich etwa hundert Augenpaare.

Na gut, auf geht's!

Auch Emma schließt ihre Augen und versucht sich auf ihren Atem zu konzentrieren, anstelle ihrer unbequemen Sitzhaltung.

Gar nicht so einfach ...

Ein Atemzug. Noch einer.

Moment mal ...

Warum ist der denn so unregelmäßig?

Angestrengt versucht sie ihn gleichbleibend zu halten, was einfach nicht funktionieren will. Irgendwann gibt sie die Kontrollversuche auf und lässt ihren Atem schlicht so, wie er eben kommt und geht - ohne ihn zu bewerten.

Ihre Haut fühlt sich warm an. Die Energie um sie herum scheint durch die gemeinschaftliche Meditation an Intensität zuzunehmen. Emma fühlt sich irgendwie richtig geborgen hier, in der Mitte dieser Kinder und der gemeinschaftlichen Energie, als Teil von etwas.

Da erinnert sie sich wieder an Dalies Anweisungen und versucht sich tatsächlich die Verbundenheit durch ihren Atem mit allem Leben vorzustellen. Es ist dieselbe Luft, die sie atmet, die auch jedes andere Lebewesen atmet. Alle gleichermaßen darauf angewiesen.

Eine kraftvolle Portion Energie entsteht in Emma. Bestärkt versucht sie noch tiefer in diesen Gedanken und dem daraus resultierenden Gefühl einzutauchen. Sich als Element des Lebens, dieser Welt zu fühlen. Dabei hilft ihr das Bild des Organismus, das ihr Kater ihr nahegelegt hat. Und je mehr sie diese Verbundenheit in sich kultiviert und ausdehnt, desto mehr Energie erzeugt sie in sich.

Irgendwann verliert sie jedes Zeitgefühl und es kostet sie immer weniger Konzentration, in diesem Zustand zu verweilen. Sie IST einfach nur, verbunden mit der Welt und all den Kindern hier. Ja sogar die Verbindung zu Jemand, zum Hutmacher oder zu Theo kann sie spüren und ein Gefühl tiefer Zuneigung überkommt sie dabei.

Glocken läuten und Emma ahnt, dass dies das Zeichen für das Ende der Meditation ist. Einen Moment lang lässt sie ihre Augen noch geschlossen. Es kommt ihr irgendwie falsch vor, sich so abrupt wieder in die Realität zu katapultieren. Erst als sie sich dafür bereit fühlt, öffnet sie langsam die Augen und kann das intensive Strahlen bewundern, das sich überall ausgebreitet hat und sogar die weißen Säulen um ein paar Meter überragt.

Sie blickt zu Dalie herüber.

Ihre Augen strahlen einen tiefen Frieden aus und Emma bekommt eine Ahnung davon, welche Wirkung diese Meditation haben muss, wenn man verbunden ist und sie regelmäßig durchführt.

»Und?«, fragt Dalie neugierig.

»Das war echt toll. Danke, dass du mich hergebracht

hast!«

»Es war mir eine Freude! Warte nur ab. Du findest hier, wonach du suchst. Aber jetzt ist es erst mal Zeit fürs Frühstück. Komm!«

Mühelos steht Dalie aus ihrem Schneidersitz auf. Das klappt bei Emma nicht ganz so graziös und sie kommt sich sogar ziemlich ungelenk dabei vor. Irgendwie (mithilfe ihrer Hände) schafft sie es dann aber doch und folgt Dalie zum Speisesaal.

Der gesamte Saal ist voller Kinder verschiedener Altersstufen. Keines von ihnen scheint jedoch älter als zehn Jahre alt zu sein.

Das bunte Treiben ausblendend, widmet sich Emma wieder den Schnitzereien auf dem Tisch vor ihr. Neben einer surrealen Wolke, die von ihrer Form her dezent einer Uhr ähnelt, steht in geschwungenen Lettern:

› *Wenn ihr nicht umkehrt und wie die Kinder werdet, könnt ihr nicht in das Himmelreich kommen.* ‹

Jesus

Andere Kinder setzen sich zu Emma und Dalie und schütteln dem Neuankömmling die Hand. Unter ihnen ein vielleicht siebenjähriger Junge mit Unmengen orangener Sommersprossen im Gesicht.

»Ich bin Sonnenaufgang«, stellt er sich vor. Seine Augen strahlen in einem grellen Blau-Grün.

Dann streckt ihr ein etwas älter wirkendes Mädchen mit leichtem Oberlippenflaum ihre Hand entgegen: »Und ich Mirabelle.«

Sie ergreift die Hände, die ihr dargeboten werden nacheinander, während immer mehr Namen fallen. Darunter Tau, Ginster, Granit, Kranich und Schneeflocke - wovon Letztere das jüngste Mädchen hier zu sein scheint. Emma schätzt sie auf höchstens drei Jahre (unter anderem, weil sie ihren eigenen Namen noch nicht richtig aussprechen und die Sitzbank nur mit akrobatischem Geschick erklimmen kann).

Nachdem auch Emma sich vorgestellt hat und langsam alle einen Sitzplatz eingenommen haben, beugt sie sich zu Dalie herüber und fragt neugierig: »Was hat es eigentlich mit euren Namen auf sich?«

»Ich habe doch erwähnt, dass wir sie uns selber geben. Die einzige Vorgabe ist, dass es ein Name aus der Natur oder dem Tierreich sein muss. So soll uns unser Name stets daran erinnern, dass alles eins ist und verhindern, dass wir uns als getrennt erleben.«

Schon wieder erklingt Glockengeläut. Von jedem Tisch erheben sich nun zwei Kinder, um das Frühstück zu servieren. Dalie und Tau kommen mit zwei großen Schüsseln Obstsalat und einem dampfenden Topf Haferbrei zurück. Sobald das Essen auf den Tischen verteilt ist, ergreifen alle die Hände ihrer Sitznachbarn und schließen ihre Augen. Und dann - Emma kann nicht ausmachen, wo genau es beginnt - singen alle Kinder im Chor und sie bekommt eine berührende Gänsehaut davon:

»Danke, für diesen guten Morgen,
danke, für jeden neuen Tag,
danke, dass ich all meine Sorgen auf dich werfen mag.

Danke, für alle guten Freunde,
danke dir für Jedermann,
danke, wenn auch dem größten Feinde ich verzeihen
kann.

Danke, für alles, was ich habe,
danke, für jedes kleine Glück,
Danke, für alles Frohe, Helle und für die Musik.

Danke, für manche Traurigkeiten,
danke, für jedes gute Wort,
danke, dass deine Hand mich leiten will an jedem Ort.

Danke, dein Heil kennt keine Schranken,
danke, für dieses gute Mahl,
danke, ja, ich will dir danken, dass ich danken kann.«

Emma kennt dieses Lied aus einer fernen Kindheit. Aber sie erinnert sich nicht daran, dass sie es je so gefühlt hat. Die Kinder singen vielstimmig und melodiös und ihre Stimmen, ja die Energie, die ihre Worte durch den Raum tragen, erfüllen Emma tatsächlich mit tiefer Dankbarkeit und Rührung.

Nachdem die Kinder nach und nach den Saal verlassen, nimmt Dalie ihre Hand: »Komm, es ist an der Zeit, dass du findest, wonach du suchst!«

Emma ist sich nicht sicher, was das zu bedeuten hat, traut sich vor Aufregung aber auch nicht danach zu fragen. Also lässt sie sich einfach von Dalie aus dem Speisesaal und durch den langen Korridor wieder hinausführen. Sie überqueren die große Wiese, lassen die weißen Säulen hinter sich und gehen auf eine kleine Kapelle zu, deren buntes Fensterglas durch die Sonne den Boden verfärbt.

Je näher sie kommen, desto andächtiger und bedeutsamer fühlt sich jeder Schritt an. Emma kommt es so vor, als hätte ihre gesamte Reise, ja ihre gesamte Suche, nur diesen gegenwärtigen Augenblick zum Ziel gehabt.

Dalie bleibt vor dem Torbogen stehen.

»Geh hinein, sobald du so weit bist. Hab Vertrauen!«

Unfähig etwas zu erwidern, nickt Emma nur stumm. Dalie tut es ihr gleich, dreht sich um und lässt sie alleine vor der Kapelle zurück.

Sie weiß nicht, was sie da in der Kapelle erwartet - was oder wer. Sie weiß nur (und zwar mit einer unerschütterlichen Gewissheit), dass dort drinnen, das wartet, wonach sie all die Jahre gesucht hat.

Dabei ist es weniger das Wissen, als ein Gefühl, dass sich in ihrem Brustkorb ausbreitet. Mit jeder Faser spürt sie, dass dieser Moment bedeutsam ist, ja mehr noch: dass dieser Moment ihre Zukunft und ihr gesamtes Leben maßgeblich verändern wird.

»Geh nicht! Geh Dalie hinterher!«

Noch einen kurzen, intensiven Moment bleibt Emma stehen. Dann macht sie einen Schritt auf das Tor zu, öffnet es entschlossen und tritt ein.

16. KAPITEL

in dem Emma etwas lange Behütetes nutzt

Das hereinscheinende Sonnenlicht taucht das Innere der Kapelle in eine Farbenpracht, die Emma im ersten Moment den Atem verschlägt. Eine Weile bestaunt sie das Farbenspiel, bis ihr die steinerne Krippe am endgegengesetzten Raumende auffällt.

Eine steinerne Krippe, in der sich etwas bewegt.

Emma geht langsam durch das bunte Schillern auf sie zu. Kleine Ärmchen werden in die Luft gestreckt und als sie nur noch ein paar Schritte entfernt steht, kann sie auch den Rest des nackten Säuglings darin erkennen. Verwundert lässt sie ihren Blick abermals durch den Raum schweifen.

Kümmert sich denn niemand um ihn?

»Warst du nicht einst Niemand?«, erklingt eine melodische Stimme, die von den Wänden der Kapelle wiederhallt. Fasziniert blickt Emma dem Säugling direkt in die himmelblauen Augen. Die Weisheit und Klarheit, die sie in ihnen erkennt, jagen ihr einen Schauer über den Rücken.

Jetzt kann sie mit eigenen Augen sehen, wie sich seine schmalen Lippen bewegen und die Stimme erzeugen, die ihr Verstand nicht dem zuordnen kann, was sie hier vor sich sieht.

»Ich bin Anfang und du bist hier, um zu finden!«

Mit offenem Mund starrt Emma auf den kleinen Körper hinunter, dessen Arme und Beine scheinbar unkontrolliert hin und her zappeln. Und als wäre sie nicht schon überfordert genug, fährt er direkt fort: »Du findest nur im Anfang. Denn im Anfang beginnt alles. Kehrst du zum Anfang zurück, richtest deinen Blick auf ihn, spielt das Ende keine Rolle mehr. Denn im Anfang ist alles enthalten - auch das Ende. So weißt du bereits beim Einpflanzen eines Sonnenblumenkerns, was aus ihm entstehen wird, nicht wahr?«

»Raus hier!!!! Aber schnell!!!«

»Wir sehen nur, was wir sehen. Pflanzen, Blumen, Flüsse, Meere. Wir glauben nur, was wir sehen. Aber all das Sichtbare ist nur die Manifestation des Unsichtbaren. Nicht das Sichtbare schafft das Unsichtbare, sondern das Unsichtbare schafft das Sichtbare. Und genau dafür bist du hergekommen, nicht wahr? Du willst den Kern erkennen - das Unsichtbare, das dich von dem Sichtbaren trennt.«

Dieses Mal lässt er Emma etwas Zeit. Doch da ihr Verstand weder bereit noch in der Lage ist in die Tiefe seiner Worte einzutauchen, stellt sie ihm eine oberflächlichere Gegenfrage: »Wie kannst du hier alleine leben? Du bist ein Säugling. Du brauchst jemanden!«

So etwas wie ein Lächeln huscht über das feine Gesichtchen, ehe er antwortet: »Wir alle brauchen einander, wir sind eins und Unabhängigkeit eine Illusion.«

Eine Gänsehaut breitet sich über Emmas ganzem Körper aus, während der sie die Wahrheit hinter seinen Worten spürt. Nach einer Weile des Schweigens fragt sie: »Hat diese Illusion etwas mit meiner fehlenden Verbindung zu tun?«

Kaum merklich nickt Anfang.

»Oh ja. Um verbunden zu sein, musst du die Illusion

der Unabhängigkeit hinter dir lassen!«

Stille dehnt sich in der Kapelle aus, während Emma angestrengt überlegt. Doch mitten in ihre Gedanken hinein, ergreift Anfang wieder das Wort: »Das Sichtbare erschwert uns das Unsichtbare zu begreifen. Wir sind zu sehr darauf konzentriert, was wir sehen.«

»Lass mich raten: Ich soll mit dem Herzen sehen?«, unterbricht Emma grinsend.

»Wenn du wirklich finden willst, dann ist es jetzt jedenfalls an der Zeit, dass du einen Schritt zurück machst, Emma.«

Unwillkürlich zuckt sie zusammen.

»Einen Schritt zurück?«, wiederholt sie verdutzt und greift dabei intuitiv in ihre Kleidtasche. Sachte umschließt ihre Hand das kleine Hütchen.

»Ist jetzt wirklich der richtige Zeitpunkt gekommen?«, flüstert sie nahezu.

»Achte auf das Unsichtbare. Fühle es!«

Emma schließt die Augen und fühlt.

Nach einer Weile öffnet sie sie wieder, bedankt sich bei Anfang und zieht festentschlossen das winzige Hütchen hervor.

Tief in sich spürt sie, dass genau jetzt der richtige Zeitpunkt gekommen ist, um den entscheidenden Schritt zurück zu machen.

Adrenalin pumpt durch ihre Adern, während sie das Hütchen noch einmal zwischen den Fingern dreht und die Fußabdrücke darauf betrachtet. Dann hebt sie ihn empor und legt ihn vorsichtig und mit angehaltenem Atem in der Mitte ihres Kopfes ab.

Alles um sie herum beginnt zu wabern und etwas scheint sie nach hinten zu ziehen, der Situation zu entreißen. Gleißendes Weiß durchdringt ihr Sichtfeld bis nichts anderes mehr zu sehen ist. Anfang und die Kapelle sind verschwunden und würde Emma nicht spüren, dass sie steht, wäre sie sich dessen nicht mehr so sicher. Alles leuchtet so grell, dass sie darüber hinaus nichts anderes erkennen kann.

Nur langsam gewöhnen sich ihre Augen an diese Lichtintensität. Alles strahlt und schimmert, wärmt sie. Und erst diese Wärme lässt sie begreifen, dass sie inmitten von Energie steht: Unter ihr. Über ihr. Neben ihr. Vor ihr. So weit ihr Auge reicht, kann Emma nur Energie erkennen.

Halt. Da in der Ferne sieht sie noch etwas anderes. Obwohl sie keinen Boden unter den Füßen sehen, sondern nur spüren kann, bewegt sie sich durch die pulsierende Energie auf das Objekt zu. Es funkelt golden. Und je näher sie kommt, desto besser kann sie erkennen, dass es sich um einen riesigen, überdimensional großen Spiegel handeln muss.

Ja tatsächlich. Die strahlende Energie spiegelt sich in ihm wieder. Ohne den verschnörkelten, goldenen Rahmen, der ihn umgibt, könnte man ihn vermutlich nicht von all der Energie unterscheiden.

Staunend bleibt Emma in einiger Entfernung vor dem haushohen Spiegel stehen.

»Da siehst du die Wahrheit«, vernimmt sie plötzlich eine Stimme. Dabei ist sie sich nicht sicher, ob das wirklich der richtige Begriff ist, denn die Stimme kann sie nicht außerhalb, sondern vielmehr in ihrem Inneren ausmachen. Sie ähnelt ihren eigenen Gedanken - nur dass die Stimmlage eine andere ist. Sie fühlt sich irgendwie reifer an, erhabener, wissender. Genau genommen hört sie sie auch nicht wirklich, sie fühlt sie.

»Welche Wahrheit?«, fragt Emma laut (unschlüssig, ob

das überhaupt nötig ist).

»DIE Wahrheit. Schau genau hin und wenn du wirklich verstehen willst, fühle hin.«

Emma lässt ihren Blick über die gigantische Spiegelfläche gleiten.

»Was ist das?«

»Das ist deine Welt«, entgegnet es in ihr.

Sie schreitet vorwärts, immer näher, bis sie schließlich ihr Spiegelbild zwischen all der Energie erkennen kann. Ihre eigenen Augen fixierend läuft sie auf sich zu. Erst als sie lebensgroß vor sich steht, bleibt sie stehen. Ihre eigene Verwirrung ist in den Gesichtszügen ihres Spiegelbildes deutlich zu erkennen.

»Meine Welt? Das hier ist doch nur ein Spiegelbild«, stellt sie irritiert fest.

Prompt antwortet die innere Stimme mit einer Gegenfrage: »Ein Spiegelbild von was?«

»Na ein Spiegelbild von mir selbst!«

In dem Moment, in dem Emma das ausspricht, durchfährt sie ein wahrhaftiger Schauer. Die Erkenntnis trifft sie wie ein Schlag ins Gesicht und nur um ganz sicher zu gehen, dass sie den Wink auch richtig deutet, fragt sie: »Willst du damit sagen, dass meine Welt nur ein Spiegel ist? Ein Spiegel von mir selbst??«

Es nickt in ihr (ein eigenartiges Gefühl übrigens).

»Du machst einen riesigen Fehler!«

»Wie ist das möglich? Ich habe doch gesehen, was ich gesehen habe. Ich habe Wesen kennengelernt. Karl zum Beispiel. Oder Lisa oder auch so schreckliche Kreaturen wie die Puppenspieler. Wie sollte das alles nur ein Spiegel von mir selbst sein? Sie sind doch real!«

»Natürlich sind sie real. Genau wie du. Doch sie sind nicht der Ursprung. Sie sind nur das Sichtbare, der Spiegel. Alles, was du siehst, jeder, dem du begegnest, jede Situation - das alles bist du!«

»Soll das heißen, dass ich auch die Puppenspieler bin?«, fragt Emma entsetzt.

»Sie sind ebenso ein Teil von dir wie das Fragezeichen, Dalie und Anfang.«

Fassungslos starrt Emma sich selbst in die geweiteten Augen. Es sind weniger Gedanken als Gefühle, die nun in ihr zu arbeiten beginnen. Dabei erscheint eine bestimmte Schnitzerei vor ihrem inneren Auge.

»Wenn ich diese Welt also verändern will, dann muss ich mich selbst verändern ...«, durchbricht die Erkenntnis Emmas Oberfläche.

»Ganz genau. Alles ist in dir. Deine Welt ist eine riesige Projektionsfläche - unumstößlich verbunden mit deinem Inneren. Verändere dich und du veränderst die Welt!«

Nach einer tiefen Weile, in der Emma versucht diese Erkenntnis sacken zu lassen, fragt sie schließlich: »Wer bist du?«

Und fast im selben Moment entsteht in ihr die Antwort: »Ich bin du. Und ich bin alles. Ich bin die Energie! Ich verbinde. Wesen und Tier, Tier und Natur, Natur und Wesen. Ich bin überall. In mir gibt es kein Ego. Ich lasse alle Grenzen zerfließen. Aus Zwei, aus Hundert, aus Millionen oder Milliarden mache ich immer nur das Eine. Ich verbinde. Weil ich das Eine bin!«

Stille.

Und dann stellt Emma endlich laut und deutlich die Frage, die sie sich schon ihr ganzes Leben lang stellt: »Warum bin ich nicht mit dir verbunden?«

»Weil du nicht mit dir selbst verbunden bist!«

Die Antwort trifft Emma mitten ins Herz. Sie beobachtet an ihrem Spiegelbild die Tränen, die dessen Gesicht herunterlaufen und die sie auf ihren Wangen spürt.

Dann stellt sie die einzig noch offene Frage: »Wie kann ich mich mit mir selbst verbinden?«

»In dem du in dein Inneres vordringst. Kehre zum Anfang zurück. Zum Ursprung. Zum Kern und befreie deinen persönlichen Schatz.«

»In mein Inneres ...«, murmelt Emma und beobachtet, wie ihr Spiegelbild langsam seinen linken Arm hebt. Vorsichtig nähern sich nun ihre Hände, Zentimeter für Zentimeter, bis sie kurz davor sind, sich zu berühren.

Doch entgegen allem rational Möglichen, trifft Emmas Hand nicht auf eine glatte Spiegelfläche, sondern dringt geradewegs in sie und somit in ihr Spiegelbild ein.

Sie holt noch einmal tief Luft und verschwindet dann mit nur einem einzigen Schritt in ihrem Inneren.

ZWEITER TEIL

17. KAPITEL

in dem Emma einen Gedankengang verlässt

Ungläubig reibt sie sich die Augen. Sie steht inmitten eines riesigen Ganges, dessen Ende sie nicht erkennen kann, dafür aber einige weitere Gänge, die von ihm abzweigen. Sowohl der Boden unter ihren Füßen, als auch die Decke, die sich kuppelförmig über ihm erstreckt, sind von einem leuchtenden Energienetz überzogen. Doch ist es nicht das, was ihr so unglaublich erscheint. Vielmehr sind es all die Wesen, die den Korridor befüllen, sich hin und her bewegen oder in kleinen Grüppchen beisammenstehen.

Für solch eine Wesenmenge ist es unpassend still hier. Emma kann zwar sehen, dass einige ihre Lippen bewegen, vernimmt aber keinen Ton dazu.

Noch auffallender als die Stille sind jedoch die Farben und Formen der Wesen. Die meisten von ihnen sind tiefschwarz, von denen die Jüngeren eher schmaler Statur sind, die Älteren hingegen an Masse zu gewinnen scheinen. Neben Emma ist sogar ein schwarzes Wesen, das selbst den Körperumfang einer Perle in den Schatten stellt.

Doch auch einige graue und weiße Wesen (von denen allerdings keines eine übermäßige Fülle besitzt) kann sie in den Gängen ausmachen. Dafür tragen manche der Weißen ein paar bunte Streifen auf der Haut. Und es laufen sogar ein oder zwei Ältere herum, die vollkommen regenbogenähnlich verfärbt sind.

»Wow!«, ruft da ein durchtrainierter Weißer, der ein paar bunte Streifen trägt. Mit seinem Ausruf fährt plötzlich ein Funken Energie aus dem Boden in ihn hinein. Dieser füllt ihn einmal aus, bis sein ganzer Körper erstrahlt und schließlich springen wie bei einem Feuerwerk kleine Energiefunken zu den umstehenden Wesen.

»Ist der dicke Schwarze da wirklich dünner geworden?«, ruft ein graues Kind neben ihr. Sie könnte schwören, dass es da gerade eben noch nicht gestanden hat. Erwartungsvoll schaut sie auf den Boden, doch die Energie darin macht keine Anstalten in das Kind zu fließen.

Skeptisch lässt sie ihren Blick erneut über die Wesenmenge schweifen.

»Was zur Hölle ist das hier?«, ruft da ein junger Grauer aus einiger Entfernung. Emmas Augen weiten sich.

Moment mal ...

»Sprechen die etwa meine Gedanken aus?«, hallt es da schon aus der Ferne zu ihr herüber. Ungläubig tippt sie einer etwa gleichaltrigen Weißen auf die Schulter. Mit hoch erhobenem Haupt und einer Körpersprache, die nur so vor Tatendrang strotzt, dreht sich diese zu ihr um.

»Wo sind wir hier?«, fragt Emma und ihre Stimme wird dabei durch den Korridor getragen.

Im Flüsterton antwortet die Weiße: »Wir sind in den Gedankengängen.«

»In den Gedankengängen?« schallt es prompt.

Und ein weiterer Ruf folgt aus einem der Seitengänge: »Das ist doch nicht möglich!«

»Was seid ihr?«, fragt Emma nun und kommt sich dabei vor, wie die Figur eines fantastischen Romans.

»Wir sind Gedanken«, folgt die geflüsterte Antwort.

Emmas Gedanken überschlagen sich. Und da sie sich zeitgleich alle laut aussprechen und der Hall sie multipliziert, schwellen sie zu einem dröhnenden Gedankenwirrwarr an.

»Beruhige dich!«, ruft eine alte Weiße und wird beinahe zeitgleich von Energie erfüllt, die sich dann abermals an alle umstehenden Wesen verteilt. Dieses Mal kann Emma beobachten, wie ein schwarzes Kind vor ihr plötzlich grau wird.

Aus einem Seitengang hallt ein leise gewordenes »Unglaublich!« herüber.

»Was hat es mit der Energie auf sich? Warum verändert sie euch?«, wendet sich Emma erneut an die junge Weiße. Mit erhobener Augenbraue flüstert diese: »Du bist kein Gedanke oder?«

»Nein. Ich bin Emma!«, stellt sie fest und streckt dem Gedanken zur Begrüßung förmlich ihre Hand entgegen.

Während der Höflichkeit genüge getan wird, flüstert die Weiße nun selbstsicher: »ICH-KANN-DAS, freut mich dich kennenzulernen!«

Als sie die Hand wieder loslässt, deutet ICH-KANN-DAS auf die Energie unter ihnen und erklärt flüsternd: »Sie fließt nur in positive und negative Gedanken. Neutrale erhalten keine Energie.«

»Hääää?«, hallt es aus der Ferne.

Und als ICH-KANN-DAS Emmas verwirrten Blick bemerkt, versucht sie es erneut: »Also sobald wir gedacht werden, gewinnen wir Energie. Diese lässt uns altern. Wir Positivgedanken werden außerdem, je häufiger wir gedacht werden, bunter«, dabei deutet sie auf den gelben und blauen Streifen auf ihrem Bauch, »und die Negativgedanken nehmen immer mehr Raum ein.«

Ein angestrengtes »Puh« schallt herüber, bevor Emma

fragt: »Und was hat es mit den Funken auf sich und der Farbveränderung?«

»Immer wenn wir Energie gewinnen, geben wir sie automatisch auch ab. Ein gedachter Gedanke ist mächtig. So wirken wir Positivgedanken ebenso positiv auf andere und die Negativgedanken negativ. Dadurch kann ein weißes Kind grau und schließlich schwarz und umgekehrt - oder ein mächtiger Gedanke wieder Kind werden.«

Emma lässt ihren Blick über all die Wesen schweifen und registriert mit neuem Bewusstsein, dass der Großteil von ihnen schwarz ist.

»Das sind also meine Gedanken?«, echot es.

Direkt im Anschluss seufzt der raumeinnehmende Negativgedanke neben ihr mit leidvoller Miene und schmerzverzerrter Stimme: »Ich bin kaputt!«

Und schon strahlt Energie erst in ihn und dann in die umstehenden Gedanken, während er selbst mehr Raum einnimmt und sich dann plötzlich mit einem lauten Knall einfach in Luft auflöst.

»Was war das denn?«, fragt Emma verwundert.

»Wenn ein Gedanke erst mal mächtig genug ist, verschwindet er.«

»Wohin?«

ICH-KANN-DAS zuckt mit den Schultern: »Das weiß ich nicht.«

Während Emma nun nachdenkt, hallt erneut jeder ihrer Gedanken in den Gängen wider (was es ihr nicht gerade leicht macht, sich selbst zu folgen).

Allmählich beschleicht sie das Gefühl, dass sie auch dorthin muss, wohin die mächtigen Gedanken verschwinden. Und da hat sie plötzlich mit zugehaltenen Ohren eine Idee.

»Ich kann das!«, spricht sich ICH-KANN-DAS schon

im nächsten Moment aus. Zum ersten Mal hört Emma ihre schöne, kräftige Stimme und kann beobachten, wie Energie in sie eindringt und dann die umstehenden Gedanken bereichert.

»Ich kann das!«, ruft ICH-KANN-DAS erneut, »Ich kann das! Ich kann das! Ich kann das!«

Fasziniert beobachtet Emma, wie ICH-KANN-DAS's Gesichtszüge zu altern beginnen und sich immer mehr farbenfrohe Streifen über ihrem Körper ausbreiten. Zeitgleich werden die umstehenden Wesen immer dünner, weißer und bunter.

»Ich kann das! Ich kann das! Ich kann das! Ich kann das!«, schallt es immer und immer wieder, bis ICH-KANN-DAS's Körper keine einzige weiße Stelle mehr aufweist. Emma ergreift ihre bunte Hand und denkt weiter.

»Ich kann das! Ich kann das! Ich kann das! Ich kann das!«

Da ertönt schließlich ein lauter Knall und die beiden verschwinden aus Emmas Gedankengängen.

In einem großen Foyer finden sie sich wieder. Neben ihnen steht der Negativgedanke, der vor ihnen verschwunden ist. Er wartet an einem Empfangstresen, hinter dem eine Dame sitzt, die geschäftig und lautstark in die Tastatur ihres Laptops tippt.

»Der Nächste bitte«, sagt diese nun und der Negativgedanke tritt keuchend vor.

»Willkommen bei den Glaubenssätzen. Sie sind nicht länger nur ein Gedanke, sie sind jetzt ein Glaubenssatz«, begrüßt sie ihn mit einer aufgesetzt wirkenden Freundlichkeit, »Wie heißen Sie?«

Mit fast weinerlicher Stimme und so traurigen Gesichtszügen, dass Emma ihn am liebsten in den Arm nehmen würde, stammelt er: »Ähh ... ICH-BIN-KAPUTT.«

Die Dame tippt erneut in die Tasten und sagt dann: »Die BIN-Abteilung ist in der ersten Etage.«

Sie blickt an ihm herunter: »Fahren Sie mit einem der Aufzüge hinauf und melden Sie sich dort bitte am Empfang für die Einarbeitung.«

Er nickt verunsichert und folgt ihrem Rat.

»Der Nächste bitte«, trällert die Empfangsdame nun.

ICH-KANN-DAS schreitet nach vorne (ja, tatsächlich schreitet sie mehr, als dass sie geht). Emma folgt ihr unauffällig.

»Willkommen bei den Glaubenssätzen. Sie sind nicht länger nur ein Gedanke, Sie sind jetzt ein Glaubenssatz«, rattert die Dame ihren Text herunter, »Wie heißen Sie?«

»ICH-KANN-DAS!«

Erneutes Tippen und Scannblick.

»Die KANN-Abteilung ist in der vierten Etage. Nehmen Sie die Treppe oder den Aufzug und melden Sie sich bitte dort am Empfang für die Einarbeitung.«

»Danke«, entgegnet ICH-KANN-DAS euphorisch (als würde ihr das alles hier nicht eigenartig vorkommen) und zieht Emma dann hinter sich her zu den Aufzügen, die (ebenso wie die davor wartenden Glaubenssätze) unterschiedlich groß sind. Die Größten von ihnen müssen mindestens fünf Meter messen. Emma und ICH-KANN-DAS betreten einen der kleineren Aufzüge, in dem bereits ein recht ansehnlicher Negativglaubenssatz Platz gefunden hat.

Neben den neun Etagenknöpfen steht in schwarzen Lettern BIN, MUSS, SOLL, KANN, DARF, WERDE, WAR und WILL. Nur neben dem Neunten, der sich weit oberhalb der anderen Knöpfe und somit außerhalb ihrer Reichweite befindet, fehlen die Buchstaben.

ICH-KANN-DAS betätigt den vierten Knopf. Leise surrend setzt sich der Aufzug in Bewegung. Im vierten Stock angekommen, treten Emma und ICH-KANN-DAS einem weiteren Empfang entgegen. Hinter diesem erstreckt sich ein großer Bürokomplex, bestückt mit einer Vielzahl Schreibtische, von denen jedoch nur wenige besetzt sind.

Die Glaubenssätze und Schreibtische, die Emma in den vorderen Reihen sehen kann, haben eine normale Größe. Je weiter sie jedoch in den Raum hineinschaut, desto größer werden auch die Tische und ebenso die Glaubenssätze, die an ihnen sitzen. Mit Federn in den Händen beschreiben diese emsig Papiere, die vor ihnen auf den Tischen liegen. Zu gerne würde sie einem von ihnen über die Schulter blicken, traut sich aber nicht so recht, weil die unfreundliche Empfangsdame sie skeptisch beäugt.

Nach einem weiteren Blick durch den Raum, stellt Emma frustriert fest, dass auch hier die meisten Glaubenssätze negativer Natur sind. Ob das wohl etwas mit ihrer fehlenden Verbindung zu tun hat?

»Ihr Name?«, feuert die Empfangsdame genervt.

»ICH-KANN-DAS!«, strahlt diese und erwidert den ihr zugeworfenen Blick beharrlich.

Die Dame nimmt den Telefonhörer ab und tippt eine Nummer ein. Als sich jemand am anderen Ende der Leitung meldet, sagt sie: »Komm nach vorne. Hier muss ein Positivglaubenssatz eingearbeitet werden.«

Dann blickt sie misstrauisch zu Emma: »Und du bist ...?«

»Sie gehört zu mir«, erklärt ICH-KANN-DAS.

»Hier gehört niemand zu jemand«, pflaumt die Dame und Emma merkt, wie langsam Wut in ihr aufsteigt. Impulsiv und energisch und womöglich eine Spur zu laut, macht sie ihr Luft: »Ich bin Emma und ich bleibe bei ICH-

KANN-DAS!«

Die Augen der Dame weiten sich überrascht und Röte tritt auf ihre Wangen. Mit unterwürfigem Tonfall stammelt sie nun: »Oh! Das wusste ich natürlich nicht. Selbstverständlich können Sie tun und lassen, was Sie wollen. Es ist mir eine Ehre, Sie endlich kennenzulernen.«

Über den plötzlichen Sinneswandel irritiert, lässt Emma sich von ICH-KANN-DAS zu zwei Stühlen im Eingangsbereich ziehen.

»Wow, was war das denn?«, fragt ICH-KANN-DAS beeindruckt.

»Keine Ahnung«, gibt Emma zu, während ein bunter Glaubenssatz am Empfang erscheint und die Dame ihn mit dem Finger zu ihnen herüberdirigiert. Zielstrebig kommt er nun mit einem enthusiastischen Funkeln in den Augen auf sie zu. Und obwohl er Emma um nur ein paar Zentimeter überragt, wirkt er irgendwie viel größer als das. Sie kann es gar nicht richtig beschreiben, aber irgendwie strahlt er etwas aus, das ihr ein energisches und gleichzeitig vertrauensvolles Gefühl vermittelt.

»ICH-KANN-ETWAS-BEWIRKEN, freut mich sehr!«

Auch Emma und ICH-KANN-DAS stellen sich vor. Dann spricht ICH-KANN-ETWAS-BEWIRKEN an ICH-KANN-DAS gewandt weiter: »Ich bin selbst erst seit Kurzem hier, aber ich werde dich einarbeiten. Komm mit. Ich zeige dir deinen Schreibtisch.«

Dann geht er ihnen voran eine der vorderen Schreibtischreihen entlang.

»Die neuen, kleinen Glaubenssätze arbeiten hier vorne. Je mächtiger sie werden, desto größer werden sie und ziehen dann in die hinteren Reihen um. Die einzige Aufgabe, die wir haben, ist das Schreiben«, erklärt er, während sie an ein paar schreibenden Glaubenssätzen vorbeigehen.

Auf den Tischen kann Emma silberne Namensschilder erkennen. ›ICH-KANN-ES-SCHAFFEN, ICH-KANN-ABSCHIED-NEHMEN‹, liest sie und muss schmunzeln. Nur zu gerne wüsste sie, welche Glaubenssätze sich weiter hinten im Raum befinden.

»So. Hier ist dein Platz.«

ICH-KANN-ETWAS-BEWIRKEN deutet auf den leeren Schreibtisch vor ihnen. Ein Papierstapel im Normformat liegt dort neben einer bunten Feder.

»Alles klar! Was soll ich zu Papier bringen?«

Eindringlich blickt er sie an, während er antwortet: »Du sollst ihre Geschichte schreiben!« und nickt dabei in Emmas Richtung.

»Meine Geschichte?«, wiederholt diese mechanisch.

»Ganz genau. Wir schreiben deine Geschichte«, dann, wieder an ICH-KANN-DAS gewandt, fährt er fort, »Das heißt nicht, dass alles, was du schreibst, auch passiert. Dafür bist du nicht mächtig und deine Seiten nicht groß genug. Je mehr Macht, desto größer das Papier und der Einfluss auf die Realität. Doch unabhängig von der Größe, gelangt jede Seite zum Glaubenssatz-Vorsitzenden.«

ICH-KANN-DAS nickt aufmerksam.

»Der Glaubenssatz-Vorsitzende?«, wiederholt Emma, die die Einzige hier zu sein scheint, der das alles etwas spanisch vorkommt.

Abscheu blitzt in den Augen von ICH-KANN-ETWAS-BEWIRKEN auf, bevor er antwortet: »Es ist immer der mächtigste und größte Glaubenssatz. Er sitzt in der neunten Etage bei dem Realitätsrechner und entscheidet, welche Seiten in den Rechner gelangen und somit deine Realität formen. Seine Entscheidungen erschweren uns Positivglaubenssätzen deine Geschichte zu beeinflussen ... In der letzten Zeit verändert sich hier aber einiges. Immer mehr unserer Geschichten sind in den Rechner gelangt. Denn der Vorsitzende wird aktuell nahezu mit Seiten überflutet, sodass er sie nicht alle kontrollieren kann. Dadurch haben wir schon einiges bewirkt. Aber das weißt du ja sicher.«

Da beschleicht Emma plötzlich eine düstere Ahnung. Ihr Magen zieht sich zusammen, während sie fragt: »Wie heißt der Vorsitzende?«

Und noch ehe er ihn ausspricht, weiß Emma den Namen: »ICH-BIN-WERTLOS!«

Während ICH-KANN-ETWAS-BEWIRKEN mit ICH-KANN-DAS das Schreibtischmaterial durchgeht und ihr weitere Fragen beantwortet, blendet Emma alles um sich herum aus und denkt nach. Ein Lächeln kann sie sich nicht verkneifen bei dem Gedanken daran, wie es jetzt in ihren Gedankengängen zugehen muss. Dabei ist ihr eines vollkommen klar: Hier muss sich dringend etwas verändern! Dass ihre ICH-KANN-Abteilung so rar besetzt ist, wundert sie dabei nicht wirklich. Und auch der Name des Vorsitzenden hat sie nicht überrascht. Langsam aber sicher bekommt sie eine Ahnung davon, warum sie hier ist und was es für sie zu tun gibt.

Während sie nun denkt, dass sie etwas bewirken kann, bemerkt sie im Augenwinkel, dass jemand ein Stückchen wächst. Um ihre These zu überprüfen, denkt sie gleich im Anschluss, dass sie es kann und tatsächlich: auch ICH-KANN-DAS schießt ein paar Zentimeter in die Höhe.

»Eine Frage«, unterbricht Emma die beiden, »wie können wir den Vorsitzenden durch einen Positivglaubenssatz ersetzen?«

»Nein, nein, nein, nein, nein! Hör endlich auf, alles verändern zu wollen. Lass die Dinge doch einfach mal so wie sie *sind!*«

Die Augen von ICH-KANN-ETWAS-BEWIRKEN funkeln neugierig auf, bevor er zu erläutern beginnt: »Nun ... Es gibt zwei Möglichkeiten. Die eine ist eben die, dass irgendein Positivglaubenssatz mächtiger wird als er und dadurch in die neunte Etage aufsteigt. Das Problem ist nur, dass ICH-BIN-WERTLOS dadurch ja nicht seine Macht verliert. Er wird nur wieder an einem der größten Schreibtische sitzen und deine Geschichte weiterschreiben - das wäre vermutlich nicht sonderlich hilfreich.«

Er macht eine bedeutungsschwangere Pause.

»Na los. Was ist die andere Möglichkeit??«, kann Emma es nicht abwarten.

»Du findest sein Gegenstück.«

Die verwirrten Blicke registrierend erklärt er: »Jeder Glaubenssatz hat ein Gegenstück, also einen Gegenpol. Und die Sache ist die: Zwei Pole sind unauflösbar miteinander verbunden und bedingen sich gegenseitig. So können sie nicht gleichzeitig gleichmächtig sein. Wird der eine mächtiger, wird der andere schwächer und umgekehrt.«

Er lässt ihnen einen Augenblick Zeit, um die Informationen zu verarbeiten. Emma überlegt kurz und folgert dann: »Also finde ich sein Gegenstück, mache es mächtig und damit verliert er seine Macht?«

»Korrekt!«

»Wie heißt sein Gegenstück?«

Die beiden schauen sie verständnislos an und mit einer hochgezogenen Augenbraue meldet sich ICH-KANN-DAS zu Wort: »Dein Ernst?«

»ICH-BIN-WERTVOLL!«, murmelt Emma verwundert, während sich etwas in ihr wehrt.

»Das muss ja ein lang vergessener Gedanke sein, wenn

es dir so schwerfällt, auf ihn zu kommen«, stellt ICH-KANN-ETWAS-BEWIRKEN fest und vermutet dann, »ICH-BIN-WERTVOLL ist bestimmt im Skulpturenkabinett. Es könnte also eine Weile dauern, ihn herzubekommen ...«

»Das Skulpturenkabinett?«, wiederholt Emma und erinnert sich mit einem unschönen Gefühl an einen kleinen runden Hut.

ICH-KANN-DAS antwortet ihr: »Im Skulpturenkabinett landen Gedanken, die lange nicht gedacht wurden, die also ihren Sinn verloren haben. Denn was nutzen schon ungedachte Gedanken? Sie werden ins Skulpturenkabinett gebracht und dort versteinern sie nach und nach. Am Ende bleibt nur noch eine Steinskulptur von ihnen übrig.«

Während des letzten Satzes treten ihr Tränen in die Augen und Emma ahnt, dass ICH-KANN-DAS ganz genau weiß, wovon sie da spricht.

»Ich bringe ICH-BIN-WERTVOLL in die neunte Etage! Ich kann das und ich kann etwas bewirken! Das weiß ich ganz genau!«, stellt Emma selbstsicher fest und noch während die beiden anderen wachsen, wiederholt sie konzentriert immer und immer wieder einen ganz entscheidenden, wertvollen Gedanken.

18. KAPITEL

in dem ein Perspektivwechsel stattfindet

Es ist kalt und still. Spinnenweben bedecken nebelartig all die kleinen Kinderskulpturen, die scheinbar mitten in ihrer Bewegung versteinert sind. Manche sitzen, einige liegen, aber der Großteil von ihnen steht aufrecht. Ebenso eine ganz besondere Skulptur: ein kleines Mädchen mit lockigem Haar, deren Augen trotz der Versteinerung eine berührende Liebenswürdigkeit ausstrahlen.

Schon sehr lange steht sie dort. Nutzlos und massiv.

Doch da ist plötzlich etwas zu hören - etwas, das hier nur sehr selten zu hören ist. Ein leises Knacken. Gleich gefolgt von einem Weiteren. Kaum sichtbar bahnt sich ein kleiner Riss von dem Fuß des Mädchens hinauf zu ihrem Knie. Es knackt und knarzt, während sich weitere Risse auf ihrem Körper ausbreiten und ein seltsames Muster entstehen lassen.

Und dann, als jeder Teil von ihr mit Rissen bedeckt und das Knacken aufgehört hat, löst sich diese Fassade aus Stein plötzlich in Staub auf.

Während dieser nun sanft zu Boden rieselt, gibt er den Blick frei auf zwei strahlend blaue Augen in einem sanftmütigen kleinen Gesichtchen, auf dessen Nasenspitze vereinzelt braune Sommersprossen zu erkennen sind. Dunkelbraune, verstaubte Locken umhüllen ihr Gesicht, wodurch die Augen nur noch stärker zu strahlen scheinen. Und da beginnt sie auch schon ihre vollen Lippen zu bewegen und eine milde, weiche Stimme erklingt: »Ich bin wertvoll! Ich bin wertvoll! Ich bin wertvoll! Ich bin wertvoll!«

Während sie diese Worte wie ein Gebet wiederholt, klopft sie sich behutsam den Staub vom weißen Körper und registriert freudig, dass sie zu wachsen beginnt. Mit den ersten Zentimetern erstrahlt ein grüner Streifen direkt über ihrem Handgelenk. Dann folgt schon ein Blauer und schließlich fährt ihr auch ein Lilaner das Bein hinauf. Rasant schießt sie in die Höhe, während ihre Gesichtszüge altern, ohne dabei ihren Sanftmut zu verlieren.

»Ich bin wertvoll! Ich bin wertvoll! Ich bin wertvoll! Ich bin wertvoll!«, schallt ihre ebenfalls reifende Stimme durch das Skulpturenkabinett.

Geschwungene Linien zeichnen sich allmählich an ihren Augen und den Lippen ab, als hätte sie eine Menge zu Lachen bekommen binnen der letzten Augenblicke. Auch die Farbenstreifen verteilen sich immer rasanter über ihren erwachsen gewordenen Körper, bis schließlich kein Fleckchen weiß mehr übrig bleibt.

Und dann gibt es plötzlich einen lauten Knall und ICH-BIN-WERTVOLL befindet sich nicht länger im Skulpturenkabinett.

»Der Nächste bitte«, beginnt die Empfangsdame ihren immer gleichen Text herunterzurattern, doch bevor sie ihn fortsetzen kann, trällert ICH-BIN-WERTVOLL schon: »Oh, vielen lieben Dank. ICH-BIN-WERTVOLL, schön dich kennenzulernen.«

Ihre Hand reicht sie der Dame dabei über den Tresen hinweg. Diese mustert sie überrascht, nimmt dann aber lächelnd die ihr dargebotene Hand entgegen und erwidert aufrichtig: »Ich bin Rosa. Die Freude ist ganz auf meiner Seite!«

Eine Weile lächeln sich die beiden an, bis Rosa wieder einfällt, wozu sie eigentlich da ist.

»Schön, dass du hier bist ICH-BIN-WERTVOLL. Du bist nicht länger nur ein Gedanke, du bist jetzt ein Glaubenssatz und ich heiße dich herzlich willkommen! Du wirst hier sicher viel Spaß haben.«

ICH-BIN-WERTVOLL strahlt sie mit einem optimistischen Lächeln an.

»Dein Platz ist in der BIN-Abteilung. Die befindet sich in der ersten Etage. Die Aufzüge dort drüben bringen dich hin«, dann überlegt sie kurz und schlägt vor, »Soll ich dich begleiten?«

»Ach Quatsch, Rosa. Das ist echt super lieb von dir, aber ich finde den Weg schon. Vielen Dank! Ich hoffe, wir sehen uns bald wieder!«

Versonnen lächelt Rosa ihr hinterher und richtet ihre Aufmerksamkeit im Anschluss (zur Abwechslung mal mit einem authentischen Grinsen) auf den nächsten Glaubenssatz in der Schlange.

Da ICH-BIN-WERTVOLL stetig weiterwächst, entscheidet sie sich sicherheitshalber für den größten Aufzug. Dort gesellt sie sich zu einem gigantischen Negativglaubenssatz, der sie grimmig anstarrt.

»ICH-BIN-WERTVOLL, schön dich kennenzulernen! Wir sind jetzt, glaube ich, Kollegen. Wie wunderbar!«

Der Negativglaubenssatz schaut sie verwirrt an.

Dann schreit er ihr entgegen: »ICH-BIN-WÜTEND! Wir siiind iiin der seeeelbeeeeen Abteiiiiiiiluuuuuuung. Koooooooomm, ich briiiiiing diiiiiich hiiiiiiiiiiin!!!«

»Ach du bist ja wunderbar. Vielen Dank!«, schenkt sie nun auch ihm ihr einnehmendes Lächeln und in seinem Gesicht ist zumindest die Andeutung von etwas erkennbar, das man als Lächeln bezeichnen könnte.

Nachdem ICH-BIN-WÜTEND sie am Empfang abgesetzt hat, kommen drei Gestalten aus einem weiteren Aufzug an ihr vorbeigestürmt. Die junge Frau unter ihnen, die kein Glaubenssatz zu sein scheint, ergreift atemlos das Wort: »Entschuldigung, wir suchen einen Glaubenssatz! Wir suchen ICH-BIN-WERTVOLL. Wissen Sie, wo er ist?«

»Du meinst wohl SIE«, lächelt ICH-BIN-WERTVOLL den Dreien entgegen, die sich prompt zu ihr umdrehen. Erleichterung macht sich auf ihren Gesichtern breit.

»ICH-BIN-WERTVOLL?«, fragt der männliche Glaubenssatz und seine Augen funkeln vor Freude.

»Die bin ich! Was kann ich für euch tun?«, strahlt sie zurück, ohne zu ahnen, was die Drei noch mit ihr vorhaben ...

19. KAPITEL

in dem Schwarz-Weiß nicht zielführend ist

Während ICH-KANN-DAS und ICH-KANN-ETWAS-BE-WIRKEN ihren Plan schildern, hält Emma sich die Ohren zu und denkt. Jeden anderen verdrängend, fokussiert sie nur diesen einen wertvollen Gedanken. Wohlwissend, dass dabei sein Gegenpol mit jeder Wiederholung schwächer und ebenso kleiner wird.

Hin und wieder, wenn ICH-BIN-WERTVOLL noch ein paar weitere Zentimeter in die Höhe schnellt, blickt diese zu ihr herüber und schenkt ihr ein aufmunterndes Lächeln. Und mit jedem Zentimeter, den ICH-BIN-WERT-VOLL dazugewinnt, gewinnt auch Emma etwas, das immer mehr Raum in ihrem Inneren einnimmt.

Als ICH-BIN-WERTVOLL sie schon um das Dreifache überragt, werden sie bereits von einer Schar Glaubenssätze umringt, die mit staunenden Blicken das rasante Wachstum beobachten.

Da plötzlich erklingt eine Sirene über ihren Köpfen und eine monotone Stimme schallt durch die Lautsprecheranlage: »Achtung, Achtung, an alle Glaubenssätze: Hiermit teile ich Ihnen mit, dass wir zum ersten Mal seit zwanzig Jahren eine neue Glaubenssatz-Vorsitzende haben: ICH-BIN-WERTVOLL! Bitte finden Sie sich umgehend in der neunten Etage ein.«

»Jaaaaaaaaaaaaaaaaaaaaaaaaaaaaaaaaaa!«, überglücklich fällt ICH-KANN-DAS Emma um den Hals. Auch ICH-

KANN-ETWAS-BEWIRKEN springt ihnen mit aufgerissenen Armen entgegen und jubelt: »Wir haben es geschafft. Wir haben es wirklich geschafft!!!«

Nachdem sich das allgemeine Gewusel gelegt hat und sie sich in aller Form verabschiedet haben, steigen Emma und ICH-BIN-WERTVOLL in den größten Aufzug. Der Knopf für die neunte Etage ist so weit oben angebracht, dass nur ICH-BIN-WERTVOLL ihn betätigen kann.

Adrenalin pumpt durch Emmas Körper, als sich der Fahrstuhl in Bewegung setzt. Und während sie schweigend in die neunte Etage fahren, wird ihr auf einmal klar, dass sie Jemand geworden ist. Nicht nur äußerlich, sondern tief in ihrem Inneren. Sie ist nicht länger wertlos. Sie ist wertvoll. Und zwar genauso, wie sie ist!

Mit feuchten Augen blickt sie zu ICH-BIN-WERTVOLL auf und sagt laut genug, dass sie es dort oben auch hören kann: »Danke. Du veränderst alles!«

ICH-BIN-WERTVOLL lächelt sanft und erwidert: »Nicht ich - du veränderst alles! Ohne dich, wäre ich noch immer im Skulpturenkabinett.«

Bevor die beiden noch rührseliger werden können, erreicht der Aufzug die neunte Etage und öffnet seine Türen. Vor ihnen liegt ein großer, dunkler Raum mit einem überdimensionalen Schreibtisch. Eine Vielzahl von Papierstapeln türmen sich in den unterschiedlichsten Formaten auf dessen Ablage.

Die gesamte Wand zu ihrer Linken wird von einem gigantischer Bildschirm verdeckt, der den Raum hin und wieder in verschiedenen Farbtönen aufleuchten lässt. Auf seiner Fläche kann Emma kleine Filmfrequenzen erkennen.

Staunend tritt sie näher.

In einer der Frequenzen sieht sie den Hutmacher und sich selbst an einem Strand in einer Umarmung versunken. In einer anderen sieht sie sich in einer düsteren, bedrohlichen Landschaft stehen.

»Ist das der Realitätsrechner?«, entfährt es ihr ehrfürchtig, während sie ein paar weitere Schritte auf ihn zu macht.

Über und über ist der Rechner mit diesen Frequenzen überzogen - mögliche Zukunftsszenarien, die Emmas Geschichte formen.

»Ich glaube schon«, murmelt ICH-BIN-WERTVOLL.

Emma mustert den Rechner und bemerkt, dass dort unterhalb des Bildschirms verschieden große Schlitze eingelassen und mit kleinen grünen und roten Lämpchen versehen sind.

»Ich glaube, dort werden die Papiere eingeführt«, stellt sie fest. Dann lässt sie noch einmal ihren Blick durch den Raum schweifen. Warum wirkt es hier nur so düster? Und was ist das da vorne?

Sie macht ein paar Schritte vorwärts und da gerade durch eine der größeren Filmfrequenzen helles Licht aufleuchtet, erkennt sie die schwarze Tür, die dort in der Wand vor ihr eingelassen ist.

»Du hast genug erreicht. Kehr endlich um! Bitte ...«

»Schau mal, da ist eine Tür!«, sie bedeutet ICH-BIN-WERTVOLL ihrem Blick zu folgen.

»Wohin führt die wohl?«, fragt diese und überholt Emma mit nur einem einzigen Schritt. Doch die Tür ist unmöglich für ICH-BIN-WERTVOLL zu passieren, denn sie ist viel zu klein für sie - für Emma nicht. In dem schwarzen Holz ist außerdem eine Gravur zu erkennen: ZUM KERN.

»Geh nicht rein. Bitte ...«

»Ich glaube, ich muss da rein«, gibt Emma halb verunsichert, halb überzeugt von sich.

ICH-BIN-WERTVOLL beugt sich zu ihr herunter und sagt mit vor Aufrichtigkeit und Wohlwollen glänzenden Augen: »Ich glaube an dich!«

Emma nickt dankbar, bevor sie den silbernen Knauf ergreift und die schwarze Tür quietschend gerade so weit öffnet, dass sie hindurchhuschen kann.

Sie steht auf einer weißen Treppenstufe. In Schwarz und Weiß wechseln sich die weiteren Stufen vor ihr ab. Vorsichtig beginnt sie ihren Aufstieg. Nach etwa zehn Stufen macht die Treppe eine Wendung nach rechts, nach weiteren zehn erneut.

Ihren Blick starr vor sich gerichtet, steigt Emma Stufe um Stufe, Biegung um Biegung, bis ihre Beine schon langsam zu schmerzen beginnen. Keine Türen deuten auf Etagen hin. Hier ist nur diese schwarz-weiße Treppe mit ihrem immer gleichen, monochromen Verlauf.

Wie in Trance bewegt Emma sich vorwärts. Längst schon sieht sie nichts mehr außerhalb dieses Schwarz und Weiß. Schwarz und Weiß. Schwarz und Weiß ...

Mit der Zeit tritt der Schweiß auf ihre Stirn und der Gedanke, nachher all diese Stufen wieder heruntersteigen zu müssen, scheint ihr immer unerträglicher. Doch Schritt um Schritt kämpft sie sich voran, den Blick immer auf die nächste Stufe gerichtet. Schwarz und Weiß. Schwarz und Weiß. Schwarz und Weiß ...

Es fühlt sich wie eine halbe Ewigkeit an, die Emma nun schon Treppen steigt und allmählich beschleicht sie ein eigenartiges Gefühl. Sie kann es nicht wirklich fassen, geschweige denn begreifen. Doch irgendetwas an diesem endlosen Schwarz-Weiß macht ihr erheblich zu schaffen.

Schließlich, als ihre Beine sie einfach nicht mehr tragen können, lässt sie sich erschöpft auf die nächste Treppenstufe sinken und wischt sich keuchend den Schweiß aus den brennenden Augen. Was ist das hier nur für ein ungewöhnlicher Ort? Was für eine sonderbare Treppe?

Ihr Herz schlägt hektisch und sie nimmt ein paar tiefe Atemzüge, um zumindest ihren Körper zu beruhigen - doch das ungute Gefühl bleibt.

Müde lässt sie ihren Blick zum ersten Mal, seit sie diese Treppe betreten hat, zur Seite schweifen.

Nein!

Das ist nicht möglich!

Sämtliche Härchen auf Emmas Körper stellen sich auf, während sie zu begreifen versucht. Dort, etwa drei Meter neben ihr, sieht sie eine weitere schwarz-weiße Treppe, die parallel zu der ihren verläuft. Viel schlimmer jedoch ist ihr Verlauf. Denn Emma erkennt, wie ihre eigene Treppe an die Nächste angrenzt, die wiederum in die Gegenüberliegende und diese schließlich über einen weiteren Treppenabschnitt wieder in die ihre führt. Kurz: Sie befindet sich auf einer schwarz-weißen Endlostreppe.

Wie ist das möglich?

Wie können diese Treppenteile alle ineinander übergehen und gleichzeitig aufwärts führen? Das ist faktisch einfach nicht möglich!

Vor allem aber fehlt in diesem Bild etwas Elementares und Emmas Magen zieht sich schmerzlich zusammen, als ihr klar wird, was es ist: Die Tür, aus der sie gekommen ist!

Ihre Schmerzen ignorierend beginnt sie nun die Treppe hinunterzuhechten. Immer eine Stufe überspringend stürmt sie hinab. Dieses Mal richtet sie ihren Blick regelmäßig auf die ihr gegenüberliegende Seite und der Anblick schnürt ihr mehr und mehr die Kehle zu. Egal, ob hinauf oder hinab, die Treppe geht ineinander über. Und die schwarze Tür bleibt unauffindbar. Einfach nicht mehr vorhanden. Nur Emma ist hier - Emma und diese Endlostreppe.

Ein vertrauter Druck legt sich auf ihren Brustkorb, während sie mal aufwärts, mal abwärts hetzt.

»Halloooooooooo«, schreit sie verzweifelt und ihre Stimme hallt dabei als wäre sie in einem echten Treppenhaus (dabei weiß sie mittlerweile, dass sie sich im Grunde nie wirklich aufwärts oder abwärts bewegt).

»Hiiiiilfeeeeeee«, brüllt sie aus Leibeskräften und hofft, dass ICH-BIN-WERTVOLL sie hören und befreien kann.

Von der Anstrengung taumelnd verliert sie plötzlich das Gleichgewicht, stürzt die letzten drei Stufen bis zur nächsten Biegung hinunter und stößt sich dabei unsanft den Kopf.

Doch dieser Moment des Fallens, dieses kurze herausgerissen Sein, hat einen flüchtigen Geistesblitz, ein kurzes Erinnern an etwas Wichtiges in ihr erzeugt.

Keuchend richtet sie sich wieder auf und hält ihren schmerzenden Brustkorb. Konzentriert versucht sie, ihre Atmung in den Griff zu bekommen.

Sobald es ihr wieder möglich ist, spricht sie ihre Frage laut aus: »Wie komme ich hier raus?«

Der Hall ihrer Stimme hüllt für ein paar Momente alles ein. Und während er sie noch umgibt, erhält sie plötzlich in sich eine Antwort. Eine Erinnerung an Jemand, an seine Worte ...

Emma weiß ganz genau, wie bescheuert das ist, was sie jetzt vor hat und ihr rationaler Anteil stellt ihre geistige Gesundheit dabei ernsthaft in Frage. Aber seien wir mal ehrlich: Was an dieser Situation ist überhaupt noch rational?

Tief einatmend erhebt sie sich also wieder, wartet bis das Schwindelgefühl nachlässt und dann ... schließt sie ihre Augen. Nur das Innere ihres Augenlides kann sie nunmehr sehen. Kein Schwarz-Weiß mehr.

Dieses fehlende Sehen lässt sie tatsächlich ruhiger werden und registrieren, wie ihr Atem langsam seinen normalen Rhythmus wiederfindet.

Und nun versucht Emma, tief in sich hineinzufühlen. Neben der Panik, die sie eben gelähmt hat und die jetzt in ihr nachbebt, fühlt sie noch etwas gänzlich anderes.

Es ist warm.

Irgendwie anziehend.

Dabei fühlt es sich an, als wäre es tief in ihrem Inneren, während es sie gleichzeitig in die Ferne zieht. Und obwohl sie um all die Treppenstufen weiß, setzt sie ihren Fuß nun einfach in die Richtung, in die sie sich gezogen fühlt.

Keine Stufe ... Kein Hinauf, kein Hinab.

Der Boden unter ihr ist eben!

Emmas Verstand begibt sich in Embryonalstellung und wiegt sich stereotypisch vor und zurück. Doch das macht ihr nichts aus. Sie ist nur froh, dass sie endlich diese schwarz-weiße Endlosigkeit verlassen hat. Wenn nicht mit den Augen, dann doch wenigstens mit ihrem Herzen.

Das ziehende Gefühl wird mit jedem ihrer Schritte stärker und wärmer. Intuitiv macht sie schließlich halt. Sie kann zwar nichts sehen, doch dafür ahnt sie da etwas vor sich und gleichzeitig, dass sie ihrem Kern gerade gefährlich nahekommt.

Nachdem sie noch einmal in sich fühlt und sich ganz sicher ist, öffnet sie ihre Augen. Tatsächlich: Eine weitere schwarze Tür ragt vor ihr auf und ist damit das Einzige, das weit und breit zu sehen ist. Mitten im Nichts prankt sie vor ihr.

In Ermangelung anderer Optionen öffnet Emma sie und ist ihrem Kern damit näher, als je zuvor.

20. KAPITEL

in dem Emma sich ihrem innersten Kampf widmet

Vor ihr erstreckt sich ein schmaler Gang (mit dem kleinen aber feinen Unterschied, dass keine Wände oder Decken vorhanden sind). Der Boden ist in einem Tiefschwarz getränkt und das Nichts um ihn herum flimmert düster in verschiedenen Grautönen.

Auf den ersten Blick sieht es so aus, als wäre der Gang gesäumt von schwarz-weiß Fotografien, die im luftleeren Raum zu schweben scheinen. Als Emma jedoch genauer hinsieht, erkennt sie, dass sich die Bilder bewegen - kleine Filmausschnitte sind dort zu erkennen. Und nicht nur irgendwelche Ausschnitte.

Es sind Ausschnitte aus ihrem Leben.

Dunkle, düstere Ausschnitte.

»Kehr um! Ich flehe dich an ...«

Die einnehmende Kälte hier lässt Emma frösteln, während ihre Schritte leise, tapsige Geräusche auf dem schwarzen Boden erzeugen.

Auf einer der ersten Aufnahmen sieht sie sich selbst, wie sie sich schluchzend in die kalt gewordenen Arme ihrer Mama kuschelt. Die Erinnerung hinterlässt einen dicken Klos in ihrem Hals. Ein paar andere Aufnahmen zeigen sie in verschiedenen Konstellationen mit ihren gehässigen Schulkameraden.

Jede Einzelne dieser Erfahrungen rüttelt an dem tief sitzenden Schmerz, der sich über all die Jahre in ihr angesammelt und den sie doch eigentlich halbwegs erfolgreich hinter sich gelassen hat - zumindest dachte sie das bis jetzt.

Die nächsten Aufnahmen zeigen Szenen, die Emma so tief in sich begraben hat, dass sie für sie schon beinahe nicht mehr real waren. Gestochen scharf sieht sie, wie Hendrik ihr die Hose herunterreißt und muss den Blick abwenden, um nicht zeitgleich Film und Erinnerung zu durchleben. Ihre Augen füllen sich mit Tränen und ihr Herz mit all dem Schmerz, den diese Erfahrungen in ihr hinterlassen haben.

Unfähig sich auch noch die nächsten Aufnahmen anzusehen, richtet sie ihren Blick nun auf das Ende des Korridors. Er führt geradewegs in etwas gigantisch Anatomisches. Ungläubig betrachtet sie das pechschwarze Herz, das sich dort vor ihr auftürmt und die Tür, die in sein Inneres führen muss.

Aus einer der Venen tropft eine zähe, dunkle Flüssigkeit und Emma stockt der Atem. Etwas in ihr sträubt sich dagegen, weiter zu gehen. Nein, nicht nur etwas, sondern sogar ziemlich viel.

»Lauf! Lauf so schnell du nur kannst!«

Doch da ist auch noch etwas anderes in ihr, das das Umkehren nicht zulässt. Und zwar die Ahnung, dass ihre gesamte Reise nur diesen einen Zweck verfolgt hat: Nämlich sie genau hier herzuführen.

Und sie ahnt auch, dass sie das, was auch immer dort auf sie wartet, unbedingt fühlen muss. Zu lange schon hat sie ihr Herz verschlossen - mit offenbar verheerenden Folgen.

Jetzt hier, in diesem Moment, ist es endlich an der Zeit, es zu öffnen und Emma weiß, ob sie nun bereit dazu ist oder nicht, dass der Weg zurück keine Alternative ist.

Sie hat einen Klos im Hals, während sie sich auf die schwarze Tür zubewegt. Die Aufnahmen zu ihrer Rechten und Linken blendet sie dabei bewusst aus.

Je näher sie ihrem Herzen nun kommt, desto kälter wird es. Sie kann ihren Atem sehen und verschränkt fröstelnd die Arme ineinander. Ebenso wie die Kälte, intensiviert sich auch das Gefühl der Traurigkeit und Angst in ihr und die drückende, düstere Szenerie kriecht ihr dabei unangenehm tief unter die Haut.

Schließlich erreicht sie die schwarze Tür, die ebenso wie der Rest des Herzens mit Schlieren einer zähen, schwarzen Masse überzogen ist.

»Deine letzte Chance. Kehr um! Bitte ...«

Zaghaft klopft sie drei Mal gegen das robuste Holz.

Stille. Ein paar Momente vergehen, ehe sie schlurfende Schritte vernimmt, die immer wieder auf ihrem Weg innehalten. Nach einer gefühlten, mit Anspannung gefüllten Ewigkeit, hört das Schlurfen nun direkt vor Emma auf und ihr ist, als würde die Temperatur zeitgleich um ein paar weitere Grade sinken.

Da öffnet sich die Tür quietschend und langsam - nur einen Spalt breit. Zwei angsterfüllte Augen linsen zu ihr hinaus. Augen, die Emma nur zu gut kennt - denn es sind ihre eigenen.

»Du hättest nicht kommen sollen!«, wird sie von ihrer zittrigen Stimme begrüßt.

Schweigend beäugt Emma diese hagere, gebrochen wirkende Gestalt vor sich. Sie hat ihre Gesichtszüge, ihre Statur, ihr Haar ... und doch ähnelt sie ihr nicht. Gebeugt kauert sie da, die Pupillen stecknadelgroß, während die Augen in diesem ausgezehrten Gesicht nahezu verschwinden. Der gesamte Körper ist mit dieser klebrig wirkenden Substanz überzogen. Diese pechschwarzen Schlieren und Tröpfchen, die sich an mancher Stelle sammeln, nur um dann weitere Rinnsale zu bilden.

Wortlos öffnet dieser Schatten ihrer Selbst die Tür nun weit genug, dass Emma eintreten kann. Vorsichtig, sich immer noch sträubend, tritt sie ein. Der zähe Schleim unter ihren Füßen macht dabei ein schmatzendes Geräusch.

Entgegen ihrer Hoffnung ist es hier drinnen sogar noch kälter als draußen und obendrein ist es so dunkel, dass Emmas Augen eine Weile brauchen, um sich daran zu gewöhnen. Insofern das überhaupt möglich ist, ist das Innere ihres Herzens noch düsterer, als man von außen hätte darauf schließen können. Die wabernden Wände und der Boden, der bei jedem Schritt leicht nachgibt, sind über und über mit diesem pechschwarzen Schleim bedeckt. Ekel steigt in ihr auf und ein beklemmendes Gefühl nimmt sie ein. Abermals mustert sie dieses Schatten-Ich, das nun verunsichert mit den Füßen scharrt.

»*Du solltest nicht hier sein*«, haucht es ihr ängstlich entgegen und irgendwie kommt ihr diese Stimme plötzlich seltsam vertraut vor. Auch die Mimik erinnert Emma an jemanden, aber sie weiß nicht, an wen.

Da erblickt sie hinter dem Schatten ihrer selbst das einzige Inventar des Herzens. Dort steht eine alte, robuste Truhe. Ein großes, metallenes Schloss prangt an ihrer Vorderseite. Ist das etwa ihr Schatz?

Ein gruseliges Lächeln wird ihr entgegengeworfen, gefolgt von einer Erklärung: »*Keine Sorge. Sie ist sicher. Ich beschütze dich. Ich hüte sie ... So ist's recht. So ist's sicher ...*«

Emma läuft ein kalter Schauer über den Rücken. Jetzt weiß sie, woher sie diese Stimme kennt. Etliche Male hat sie schon zu ihr gesprochen. In unzähligen Situationen. Allzu oft hat sie in Sichtbar noch auf sie gehört und kaum noch seit dem sie von dort aufgebrochen ist.

»Du bist mein Herz!«, platzt es aus ihr heraus.

»Nicht ganz korrekt. Ich bin nicht dein Herz. Ich wohne nur darin!«

Dann stellt es sich vor: *»Ich bin Angst.«*

Diese Entwicklung gefällt Emma ganz und gar nicht!

Angst also wohnt in ihrem Herzen?

Skeptisch lässt sie ihren Blick umherschweifen. Abermals bleibt dieser an der Truhe hängen und ihrer Intuition folgend hechtet sie zu ihr und rüttelt an dem großen Schloss. Angst kichert und Emma bekommt eine Gänsehaut von dem Laut.

»Ich sagte doch, ich beschütze dich!«

Anstelle des Schlüssellochs kann Emma nur einen etwa fünf Zentimeter langen Schlitz in der Mitte des Schlosses erkennen, aus dem ein Leuchten zu ihr herausdringt. Doch noch während sie sich an der Truhe zu schaffen macht, packt sie etwas. Und da sie so darauf fokussiert ist, was sie sieht und tut, spürt sie es nicht mal richtig. Es kriecht an ihrem Bein empor. Äußerlich, aber auch innerlich breitet es sich langsam aus.

Ihr Herzschlag beschleunigt sich, Schweiß tritt auf ihre Stirn. Ihr Atem wird flach und unkontrolliert, ihre Handflächen feucht. Dieses Gefühl. Erdrückend. Einnehmend. Alles andere ausblendend.

Angst grinst sie wieder so gruselig an, dass sich Emmas Eingeweide zusammenziehen. Als sie den eingesunkenen Augen endlich folgt, sieht sie es - ihre Beine versinken im Schwarz.

Der zähe Schleim hat sich bereits bis zu ihren Oberschenkeln hochgearbeitet. Feine Rinnsale bahnen sich Zentimeter um Zentimeter wabernd einen Weg nach oben. Panisch richtet sie sich auf und schreit: »Was ist das???«

Sie versucht, den Schleim von sich abzuklopfen mit dem Resultat, dass er sich jetzt auch über ihre Hände ausbreitet.

»FUCK!«, entfährt es ihr, während ihr Puls weiter in die Höhe schnellt.

»*Nein. Das bin ich. Endlich fühlst du mich wieder. Viel zu lange schon bist du mir entglitten!*«

Emmas Kehle schnürt sich zu.

Mit weit aufgerissenen Augen beobachtet sie, wie der Schleim sich immer weiter auf ihrem Körper ausbreitet, ihren Arm, ihre Schulter benetzt und langsam ihren Hals emporkriecht. Dabei sticht ihr ein bestialischer Gestank in die Nase.

Obgleich sie weiß, dass es nichts bringt, versucht sie abermals den Schleim von sich zu klopfen. Doch mit jeder Wehr, verteilt sie ihn nur noch breitflächiger auf sich. Angst erfasst sie und ihre Berührung infiziert nun auch Emmas andere Schulter mit dieser klebrigen Substanz.

Als versuche sie inmitten einer hetzenden Menschenmenge zu meditieren, probiert sie in diesem lähmenden Moment auch nur einen klaren Gedanken zu fassen.

»Was ist in der Truhe?«, stößt sie zwischen zwei hektischen Atemzügen hervor. In Angst ihre eigenen Gefühle widergespiegelt, erkennt Emma, dass sie genau die richtige Frage gestellt hat.

»*Ich beschütze dich. Sie muss da drin bleiben!*«

Während der zähe Schleim sie äußerlich umhüllt, dringt Angst auch immer tiefer in ihr Inneres vor. Lähmt ihre Hoffnungen, ihre Träume und zieht sie runter in ihren bodenlosen Abgrund. Emma schließt die Augen, um zumindest dieses schreckliche Außen nicht mehr sehen zu müssen.

In ihrem Gefühl gefangen, eingenommen, aber immer

noch kämpfend, klammert sie sich an eine letzte, einzig übrig gebliebene Hoffnung. Hält sie fest umschlossen, während sie ahnt, dass es ihre einzige Chance ist, heil wieder hier herauszukommen.

Diese letzte Hoffnung ... ist ein Wunsch!

Und da ertönt auch schon Rajas Stimme neben ihr: »Ach du Scheiße! Was ist denn hier los?«

Emma traut sich nicht, ihre Augen zu öffnen, viel zu einnehmend ist ihr innerer Kampf. Dann hört sie wieder Raja, dieses Mal mit verächtlichem Unterton: »Und was bitte stellst du dar?«

»*Halt dich raus!*«

»Äh ... Emma ... meinst du nicht jetzt wäre der richtige Zeitpunkt, dir etwas zu wünschen?«, fragt Raja mit einer beunruhigend zittrigen Stimmlage.

Natürlich weiß sie das. Ja sicher. Aber diese Angst ist so einnehmend, so umfassend, so zehrend, dass sie kaum einen klaren Gedanken fassen kann. Es ist als würden abermillionen angsterfüllte Worte, Ahnungen und Gefühle zeitgleich auf sie einschlagen und sie unter ihrer Last begraben.

Konzentriere dich Emma!

Schweißrinnsale laufen ihr über die Stirn, während nur ein einziger Wunsch langsam in ihr Gestalt annimmt.

Alle Willenskraft in sich bündelnd, schreit Emma nahezu: »Ich wünsche, dass das aufhört!«

»Wie präzise ...«, kommentiert Raja ironisch.

Was Emma nicht sieht ist, dass sie dabei tadelnd eine Augenbraue hochzieht und sich gleich im Anschluss ein freches Grinsen in Rajas Gesichtchen schleicht. Dann erst wedelt sie mit ihrem Zauberstab.

Stille.

...

So einnehmend und präsent Angst noch einen Augenblick zuvor jeden Teil von ihr eingenommen hat, so leer hinterlässt sie Emma nun.

Ihr Herz hat schlagartig seinen normalen Rhythmus wiedergefunden, die unnatürliche Schweißproduktion wurde eingestellt und ihre Gedanken erlangen die alte Klarheit zurück. Und da traut sie sich endlich, ihre Augen zu öffnen.

Nach wie vor befindet sie sich in ihrem Herzen. Aber alles ist jetzt irgendwie überschattet von einem matten Weiß. Und Angst steht zwar immer noch vor ihr, die Hand auf ihrer Schulter, aber sie bewegt sich keinen Millimeter. Weder ein Zwinkern, noch Atembewegungen sind zu erkennen.

»Ich dachte, du könntest mal ne kleine Pause gebrauchen«, grinst Raja, die offenbar nicht in Schockstarre verfallen ist.

»Was ... Was hast du gemacht?«, fragt Emma sie perplex und tippt Angst dabei neugierig mit dem Finger mitten ins Gesicht. Keine Reaktion.

»Na, ich hab gemacht, dass es aufhört«, zitiert Raja amüsiert. Emma rollt mit den Augen, während sich auch in ihr Gesicht ein breites Grinsen schleicht.

»Naja, um genau zu sein, habe ich die Situation ... na sagen wir mal ... eingefroren. Auf Pause gedrückt quasi!«

»Coole Nummer!«, kommentiert Emma aufrichtig und fügt dann nach einer Weile hinzu, »Du hast ja keine Ahnung wie einnehmend Angst ist!«

»Natürlich weiß ich das. Was glaubst du, warum ich deinen Wunsch in dieser Form erfüllt habe? Ich hätte dich auch komplett woanders hinbringen können. Aber das hier ist wichtig für dich. Es gibt noch etwas zu befreien!«

Emma richtet ihren Blick auf die verschlossene Truhe.

»Können wir sie jetzt öffnen?«

Raja schüttelt das Köpfchen und erklärt mit erhobenem Zeigefinger: »Keine Interaktionen während der Pause!«

»Ich glaube, das ist mein Schatz! Das, wofür meine Reise bestimmt ist. Aber ich brauche den Schlüssel oder vielmehr das Ding, was in diesen Schlitz da passt ...«

Rajas Blick nimmt etwas Liebevolles an und mit sanfter Stimme sagt sie: »Wir sind in DIR. Was sagt es dir, dass ich hier bin?«

Emma versteht nicht ganz, worauf sie hinaus will und so wird aus dem verständnisvollen Blick ein ungeduldiger und schließlich ein leicht genervter.

»Ich bin in DIR, Emma. Ich war von Anfang an ein Teil von dir. Nur warst du noch nicht bereit, das zu verstehen. Aber jetzt. Hier. Es ist so offensichtlich: Wir sind in DEINEM Herzen!«

Beschwichtigend hebt Emma die Hände: »Okay, okay! Du bist ein Teil von mir. Und wie hilft mir das jetzt, die Truhe zu öffnen?«

»Boah, Emma! Was ich damit sagen will, ist: Ich bin nur ein äußerliches Bild, das du besser annehmen kannst. Dabei bin ich eigentlich ein Teil von dir. Du brauchst mich also gar nicht zum Wünschen!«

Emmas Augen weiten sich, als sie wiederholt: »Ich brauche dich nicht zum Wünschen?«

»Korrekt!«, endlich huscht wieder ein Lächeln über Rajas Gesicht, »Wünsche sind mächtig. Deine Wünsche sind mächtig. Und ich kann nur hier sein, weil ich ein Teil von dir bin. Genauso wie ich bereits ein Teil von dir war, als wir uns in deiner Außenwelt getroffen haben. Wäre ich dir dort aber als Teil deiner selbst erschienen, hättest du mir nicht geglaubt - dabei kann ein Wunsch nur in Erfüllung gehen, wenn du an seine Erfüllung glaubst ... Einer Wunschfee hingegen konntest du das sehr wohl glauben und nur so war es mir möglich deine Wünsche auch zu erfüllen.«

»Der Spiegel ...«, murmelt Emma nachdenklich, während Raja bedeutungsschwer nickt.

»Okay. Meine Wünsche sind also mächtig ... dann wünsche ich ...«, beginnt Emma, doch wird sie prompt von Raja unterbrochen.

»Stopp. Beim Wünschen ist nicht das Sprechen wichtig, sondern das Gefühl. Fühle deinen Wunsch und zwar mit dem festen Glauben daran, dass er in Erfüllung gehen wird.«

Ein paar skeptische Augenblicke später versucht Emma tatsächlich die noch übrig gebliebene Vernunft in sich auszuschalten und diesen bestimmten Wunsch tief in sich zu fühlen. Das ist erst mal ein Leichtes im Gegensatz zu der Sache mit dem Glauben. Trotzdem versucht sie es. Stellt sich vor, wie ihr Wunsch in Erfüllung geht und versucht Rajas Worten zu vertrauen.

›Ich kann das! Ich kann das! Ich kann das!‹, wiederholt sie immer wieder im Geiste, dem gefühlten Wunsch im Herzen und ein Teil von ihr beginnt wirklich zu glauben, dass sie sich ihre Wünsche selbst erfüllen kann.

Und da spürt sie auf einmal etwas Kaltes an ihrem Hals. Etwas, das sie schon einmal gespürt hat, kurz vor ihrem Aufbruch in Sichtbar. Ihre Augen folgen dem Gefühl. Tatsächlich trägt sie plötzlich eine Halskette, an der ein Münzmedaillon befestigt ist (dieses Mal deutlich sichtbar). Sie lässt die Münze nachdenklich zwischen ihren Fingern hin und her gleiten - überrascht, wie vertraut sich das anfühlt.

»Prima!«, lobt Raja sie freudig und klatscht dabei in ihre Händchen.

Entschlossen schaut Emma zu ihr auf: »Na los! Es ist an der Zeit meinen Schatz zu befreien!«

21. KAPITEL

in dem Emma das Eine fühlt

Angsts Augen blicken verdutzt ins Leere - verunsichert registrierend, dass sich Emma unbemerkt aus ihren Fängen befreit hat. Viel zu spät sieht sie, dass diese jetzt vor ihr auf dem Boden kauert und sich an dem Schloss zu schaffen macht.

»Neiiiiiiinnnnn!!!!«

Doch da hat Emma die Münze schon in den Schlitz gesteckt und herumgedreht. Ein leises Knacken ist zu hören, als das Schloss nachgibt. Hektisch entfernt sie es und öffnet den Deckel, der dabei ein quietschendes Gähnen von sich gibt.

Alle Augenpaare starren nun gebannt auf die offene Truhe. Grelles Licht strahlt aus ihr hervor und blendet die Drei so sehr, dass sie den Kopf, der sich da aus der Öffnung hinausstreckt, zunächst nicht ausmachen können. Erst als sich die Gestalt zu ihrer vollen Größe aufrichtet (welche tatsächlich nur knapp über einem Meter liegt), kann Emma etwas erkennen - und zwar Energie.

Pulsierende, mächtige, intensive Energie.

Es fällt ihr schwer zu erfassen, was sie da vor sich sieht. Denn diese Gestalt ist keinesfalls ein Wesen oder überhaupt vergleichbar mit irgendetwas, das Emma kennt. Sie ist vielmehr so etwas, wie eine Art Geist. Ein Geist bestehend aus der klarsten, pursten und intensivsten Energie, die sie je gesehen hat.

Keine seiner Konturen ist starr - sondern in stetiger Bewegung. Und doch lassen sich die Gesichtszüge erahnen, etwa wie bei einer bewegten Wasserspiegelung. Je genauer sie jedoch versucht hinzusehen, die Umrisse klarer zu erkennen, desto weicher und dynamischer zerfließen sie.

Diese dynamischen Umrisse ... Emmas Augen, Emmas Nase und Emmas Mund.

Beinahe mühelos klettert dieses Geistwesen nun aus der Truhe. Dort, wo es seine Füße absetzt, weicht der zähe Schleim wie durch Zauberhand zurück und gibt den Blick auf einen dunkelroten Untergrund frei. Dann schaut es Emma, die ihr am nächsten steht, direkt in die Augen und sagt: »**Danke.**«

Nicht das Wort, sondern die Stimme selbst, berührt Emma tief. Als wäre sie dazu fähig, sich einen direkten Weg in ihr Herz zu bahnen. Fasziniert fragt sie: »Wer bist du?«.

»**Ich bin Liebe.**«

Angst zuckt zusammen und murmelt: »*Du bist nicht mehr sicher! Du bist nicht mehr sicher! Oh nein ... oh nein! Du bist nicht mehr sicher!*«

Zum ersten Mal seit Emma hier ist, empfindet sie aufrichtiges Mitgefühl für Angst. Auch Liebes Blick strahlt Verständnis aus und obwohl sie bis gerade eben noch ihr Leben (dank Angst) in einer Truhe zugebracht hat, ist kein Funken Groll oder Wut in ihm zu erkennen. Sie scheint tatsächlich aufrichtig besorgt zu sein, während sie eine ihrer kleinen Hände mit Angsts Rücken verbindet und fragt: »**Aber was ist Emma denn ohne mich?**«

»*Sicher!*«, kommt es, wie aus der Pistole geschossen zurück.

»**Sicher vor was? Vor Glück? Vor Beziehung? Vor**

Liebe? Vor Verbundenheit?«, Liebes Stimme ist dabei so sanft und milde, dass es Emma wahnsinnig unverständlich ist, warum sich Angsts Gesicht dabei wutverzerrt.

»*Sicher vor Schmerz! Sicher vor Leid! Sicher vor Verlust!*«

»Ach Angst ... Du weißt doch, dass das ein und dasselbe ist. Es sind nur zwei Seiten derselben Medaille.«

Emma muss Schlucken und ergreift beinahe unwillkürlich die Münze, die noch immer im Schloss der Truhe steckt. Ein Blick zu Raja zeigt ihr, dass diese ebenso gebannt das Gespräch verfolgt.

Da richtet sich Angst plötzlich zu ihrer vollen Größe auf und funkelt böse: »*Deine Lügen sind mir egal. Ich habe den Schmerz gefühlt. Das lasse ich nicht mehr zu. Du bist naiv und dumm und gehörst in diese Truhe - da wo du keinen Schaden anrichten kannst! Du hast hier keine Macht, sondern ICH. Ich bestimme! Nicht du!!!!*«

Da beginnt die zähe Substanz vor Liebe plötzlich zu wabern und sich in Bewegung zu setzen.

»Oh, oh ...«, kommentiert Raja das Geschehen.

»Tu das nicht, Angst. Wir gehören zusammen. Tu das bitte nicht!«, versucht Liebe (ihrer Natur entsprechend) zu besänftigen, während sich der pechschwarze Schleim ihren Füßen nähert.

Doch das Einzige, das in Angsts eingesunkenen Augen deutlich zu erkennen ist, ist blinde Entschlossenheit. Emma beobachtet, wie die Schlieren Liebes Füße zu umschließen beginnen und bemerkt dadurch nicht, dass diese ihren Blick nun ihr zuwendet.

»Emma, es ist so wunderbar, dich zu sehen! Dir endlich nochmal nah sein zu können. Ich habe dich so sehr vermisst und jeden Moment mit dir gefühlt. Ich war immer bei dir. Musste dabei mitfühlen, wie Angst dich von allem trennte und mir die Möglichkeit nahm, mich

dir mitzuteilen. Mir die Möglichkeit nahm, dich lieben zu lassen. Stattdessen säte sie Zweifel und Groll in dir, Selbsthass und -verachtung. Mir tut das alles so leid! Glaub mir ... mein größter Wunsch war es stets, in deinem Herzen zu wohnen - nicht verschlossen in dieser Truhe.«

Tief berührt steigen Emma Tränen in die Augen. Nicht in erster Linie wegen der Worte selbst, vielmehr liegt in ihnen eine so durchdringende Emotion, dass sie gar nicht anders kann, als sich ihr zu öffnen. Als würde jede Grenze einfach auf einen Schlag niedergerissen, fühlt sie auf einmal Liebes Gefühle. Das, was diese all die Zeit empfunden hat - den hilflosen, mitfühlenden Schmerz und damit unumstößlich verbunden, diese unbändige, tiefe Liebe!

»Emma, du musst verstehen, dass Angst nur so mächtig ist, wie du es zulässt.«

Die schwarzen Schlieren haben bereits Liebes Knöchel umschlossen.

»Aber wie kann ich ihr diese Macht denn wieder nehmen?«, fragt Emma verzweifelt.

»Du musst mich fühlen, dich mir öffnen. Wieder Platz für mich schaffen. Emma, ich liebe dich - bedingungslos. Jede Version deiner selbst. Dein Herz ist der Ursprung von allem. Herrscht Liebe, lebst du in Liebe und Verbindung - herrscht Angst, lebst du in Angst und Trennung ... Denn so wie du für dich selbst fühlst, fühlst du auch für andere. Und so bestimmt es, wie du mit dir selbst umgehst und dadurch auch mit anderen. Das Andere zeigt immer nur das Eine, denn es ist nur ein ...«

»... Spiegel«, ergänzt Emma nachdenklich.

»Ganz genau. Spüre deine Liebe wieder. Zu dir selbst und zu anderen - beides ist ein und dasselbe!«

Da wird Emma rot. Als wäre ihr allein der Gedanke daran, sich selbst zu lieben, peinlich und unangenehm. Es kommt ihr irgendwie egozentrisch, überheblich und anmaßend vor, Liebe für sich selbst zu empfinden - geschweige denn darüber zu sprechen.

Die zähe Masse reicht mittlerweile bereits bis zu Liebes Taille hinauf. Die Zeit scheint knapp zu werden für Emma, Liebe zu fühlen. Doch auf keinen Fall darf sie zulassen, dass Angst weiter ihr Herz beherrscht.

»Wie schaffe ich das?«

Liebe reicht ihr eine Hand (die sie ihr womöglich schon immer gereicht hat), doch dieses Mal ergreift Emma sie auch.

»Liebe ist kein Gedanke, Emma. Liebe ist. Ein Gefühl. Du musst mich fühlen, um mir Macht zu geben. Also ... fällt dir jemand ein, der dir wichtig ist? Der dein Ego auflöst? Dem du wünschst, glücklich zu sein? Den du liebst?«

Bei den ersten beiden Fragen hat Emma augenblicklich Theo im Gefühl, bei der letzten blockiert Angst sie aber direkt wieder. Stattdessen fällt ihr Jemand ein. Jemand, der ungesehen ihr Freund wurde. Eine Welle der Zuneigung überkommt sie, während sie der Bindung nachspürt.

»Sehr gut, Emma. Wer bedeutet dir noch etwas?«

Und schon spürt sie den Hutmacher vor sich, seine feuchten Augen und ihre Umarmung. Sie fühlt die Einwohner von Nichts, die etwas so Wertvolles besitzen. Ihren Kater, sein weiches Fell unter ihren Fingern und wie sie durch ihn zum ersten Mal diese intensive Energie erleben durfte.

»Weiter so. Du machst das genau richtig.«

Emma ist so in ihrem Gefühl vertieft, dass sie gar nicht

registriert, wie sich Angst bereits über dem Brustkorb von Liebe ausbreitet.

Stattdessen fühlt sie Bunt und das Mitgefühl, das sie so mutig gemacht hat. Sie spürt die tiefe Sympathie und Zuneigung, die sie für Raja empfindet. Und da auf einmal, fühlt sie auch ihr Trauma. Dieses kleine Wesen. Sie spürt erneut das Schutzbedürfnis, das sie in der Küche überkommen hat und die Liebe diesem Mädchen gegenüber. Diesem Mädchen, das sie an ihre Liebe zu ihrer Mutter erinnert hat.

Diesem Mädchen ... das sie selbst ist.

Und dieser kleine Funke Selbstliebe reißt etwas in Emma nieder. Plötzlich überkommt sie Mitgefühl für sich selbst und ihren Weg, für all die Schläge, die sie hat einstecken müssen. Doch nicht nur das: Auf einmal beginnt sie ihre Reise aus einem selbstliebevollen Blickwinkel zu betrachten.

Stolz fühlt sie all den Erfahrungen nach. Ihrer Entwicklung. Ihrem Mut. Zum ersten Mal seit langer Zeit erkennt sie ... sich selbst an.

Nicht nur für all das, was sie gelernt hat,

für all das, was sie verändert hat,

für all das, was sie gefunden hat.

Sondern vor allem für all das, was sie ist und immer schon war!

Und je tiefer sie in diese Gefühle eintaucht, desto weiter entfernt sie sich von dem Sichtbaren. Sie taucht ein - in die Liebe.

Denn jetzt fühlt sie den Spiegel. Und dieses Gefühl wirkt stärker als Liebes Worte. So spürt Emma, dass jede Liebe, die sie für ihr Außen empfindet, sie für sich selbst empfindet. Jemand, der Hutmacher, Karl, Lisa, Raja, Dalie, Ahron ... sie alle sind Teile ihrer Selbst. Und offenbar hatte sie die Außenwelt gebraucht, um an ihre Selbstliebe erinnert zu werden.

Und so wird sie nun erfüllt von der Liebe für alle Wesen und der Liebe für sich selbst - die zwar verschieden scheinen und doch nur Eines sind.

»**Oh Emma, wie wunderbar!**«, reißt Liebe sie sanft aus ihrem emotionalen Tiefgang.

Es dauert eine Weile bis Emma wieder im Hier und Jetzt ankommt. Vor allem, weil nichts mehr mit der pechschwarzen Substanz überzogen ist. Stattdessen ist alles in sanfte Rottöne getaucht und von einem glitzernden, funkelnden Energiemuster überzogen. Die bezaubernde Schönheit dessen, was Emma hier zu sehen bekommt, spiegelt ihre Gefühlswelt wieder. Denn sie ist durch und durch von einer friedvollen Liebe erfüllt. Einer tiefen Liebe zu sich selbst und somit zu allem Sein.

Überschwänglich reißt sie Liebe und Raja in eine verbindliche Umarmung. Am liebsten würde sie die ganze Welt in ihren Armen halten. Da fällt ihr ein, dass sie das ja im Grunde gerade tut.

Alles strahlt, außen wie innen, intensiv und farbenfroh - so überwältigend schön, dass nicht mal Raja ein kesser Spruch einfällt.

Mit feuchten Augen lösen sie nun ihre Umarmung und schenken Angst Aufmerksamkeit, die immer noch an derselben Stelle, nun aber zusammengekauert auf dem Boden liegt.

»Was machen wir mit ihr?«, fragt Emma an Liebe gewandt.

»**Angst und Liebe**«, sagt diese und deutet auf Emmas Hand, in der immer noch das Münzmedaillon liegt, »**gehören stets zusammen, sind zwei Seiten derselben Medaille - unterschiedlich gefühlt und doch unzer-**

trennlich. So gibt es keine Furcht ohne Hoffnung. Und nur, was wir lieben, fürchten wir zu verlieren.«

Sie geht auf Angst zu, die verunsichert zu ihr aufblickt.

»Emma, du hast heute wahrhaft Mut bewiesen. Denn Mut bedeutet nicht etwas ohne Angst, sondern trotz Angst zu tun. Ebenso geht es nicht darum, ohne Angst zu lieben, sondern trotz Angst! Angst trennt - Liebe verbindet! Und so ist die Antwort unabhängig von der Frage immer Liebe.«

Mit diesen Worten schließt Liebe Angst in eine enge Umarmung. Die Energie, die die beiden dabei umhüllt, wird immer intensiver, strahlender und blendet Emma schließlich so sehr, dass sie die Augen zukneifen muss. Und als das Leuchten langsam nachlässt und sie sie wieder öffnen kann, ist da nur noch Liebe. Nein, das stimmt so nicht. Denn bei genauerem Hinsehen ist da ein schwarzes Medaillon in Liebes Mitte zu erkennen.

»Hast du sie vermedaillonisiert?«, grinst Raja, wieder ganz sie selbst.

Auch Liebe grinst, während sie antwortet: »**Angst hat uns getrennt ... Ich habe uns nur wieder verbunden. Denn ich bin das Eine.**«

Die Sonne strahlt am wolkenlosen Himmel. Dankbar nimmt Emma die intensiven, strahlenden Farben der umstehenden Gebäude in sich auf. Während sie die sauberen Kacheln unter ihren Füßen betrachtet, wird sie (wie so oft in letzter Zeit) von der Energie, die geradewegs in sie hineinfließt, abgelenkt. Freude durchströmt ihren Körper.

Freude, Dankbarkeit und natürlich Liebe.

Seit geschlagenen drei Stunden läuft sie nun schon über den Hallmarkt und saugt alle Eindrücke in sich auf. Dieses Mal steht sie aufrecht hier, Barfuß, mit dem Kleid des Hutmachers - und verbunden. Nichts um und in ihr ist auch nur annähernd vergleichbar mit dem, was sie damals hinter sich gelassen hat.

Nervös sucht sie wieder die Wesenmenge ab. Sie weiß selbst, wie unwahrscheinlich es ist, ihm hier nach all der Zeit über den Weg zu laufen. Und trotzdem schlägt ihr Herz bei dem bloßen Gedanken daran höher.

»**Er wird kommen! Vertraue, Emma!**«

Liebe scheint die Wahrheit zu spüren. Unwahrscheinlich ist ja nun mal nicht unmöglich. Schließlich haben sie sich früher ausschließlich auf diese Weise hier getroffen.

»Emma?«, ertönt da diese vertraute und überraschte Stimme hinter ihr. Diese Stimme, die sie (ohne es je zugegeben zu haben) so sehr vermisst hat. Langsam dreht sie sich um.

Tatsächlich. Da steht Theo. In Fleisch und Energie.

Emmas Augen füllen sich mit Tränen. Ihre Gefühle überwältigen sie und sie kann einfach nicht anders, als ihm in die Arme zu stürzen und ihn fest an sich zu drücken.

»Emma ...?«, wiederholt Theo immer wieder perplex, während er sie ebenso fest an sich drückt.

Eine halbe Ewigkeit stehen die beiden eng umschlungen da. Wieder ziehen sie Blicke an. Aber dieses Mal, weil sie eine ordentliche Menge Energie an alle Umstehenden ausstrahlen.

»Ich habe dich so vermisst, Theo«, haucht Emma ihm ins Ohr. Dann lässt sie ihn los und zu, dass sie in dem Anblick seiner Nachgewitter-Augen versinkt.

Wirklich alles an ihm strahlt Verwirrung aus. Kein Wunder eigentlich, wenn man bedenkt, welche Version ihrer selbst er kennt. Emma muss kichern bei dem Gedanken an ihr früheres Ich. Und weil Theo nun mal Theo ist, stimmt er in ihr Lachen ein.

Manches im Leben scheint vorherbestimmt. Es sucht uns, sobald wir es suchen. Insbesondere in jungen Jahren scheinen wir unsere Lebensträume klarer vor Augen zu haben... So war mir bereits als Jugendliche bewusst, dass es für mich zwei Träume zu verwirklichen gab in meinem Leben:

1. Mama werden

2. Ein Buch schreiben

2015 wurde meine wundervolle Tochter geboren, die mich und jeden meiner Tage mit einem Übermaß an Liebe erfüllt.

Und nun ... fünf Jahre später habe ich mir meinen zweiten großen Lebenstraum erfüllt, in dem ich eine Geschichte zu Papier gebracht habe, die MICH gesucht hat, nicht umgekehrt.

Denn eigentlich war dieser zweite Lebenstraum lange Zeit in Vergessenheit geraten ... Bis mir ein Freund eine universelle Meditationsform eröffnete, bei der ich plötzlich detailliert das Ende von Emmas Reise vor Augen sah. Es galt also lediglich, den Weg dorthin zu schreiben und so entstand innerhalb von vier Wochen die erste Fassung dieses Buches.

Zu keinem Zeitpunkt hatte ich das Gefühl mir diese Geschichte auszudenken, es fühlte sich vielmehr so an, als gäbe es sie bereits und müsse nur noch zu Papier gebracht werden.

Und so wie wir von Emma lernen können, dass wir uns selbst verändern müssen, um unsere Welt zu verändern - so hat mich das Schreiben ihrer Geschichte verändert,

obgleich meine Intention die Weltverbesserung war.
Von Herzen wünsche ich mir, dass Emmas Reise so viel
Liebe in unsere Welt tragen wird, wie eben möglich.
Und so hoffe ich, dass sie Dich, liebe/r Leser/in berühren
und bereichern konnte!

Ich wünsche Dir alles Liebe!

Mareike Milz

Dankschreibung

Danke Nima,
dass Du mich durch die universelle Verbindung zu dieser Geschichte geführt hast.

Danke Viviana,
dass Du das Buchcover so wunderschön designed und meine andauernden Nörgeleien und Perfektionsansprüche ertragen hast.

Danke Mama,
für Dein grenzenloses Vertrauen und Deinen unbändigen Glauben an mich und Emmas Reise.

Danke Ben,
für das gemeinsame Korrigieren und vor allem für Dich!